魔女のむすこたち

カレル・ポラーチェク作
小野田澄子訳

岩波少年文庫 246

Karel Poláček

EDUDANT a FRANCIMOR

1966

もくじ

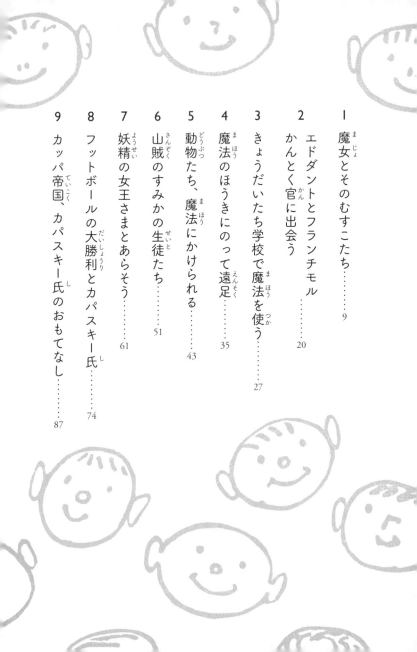

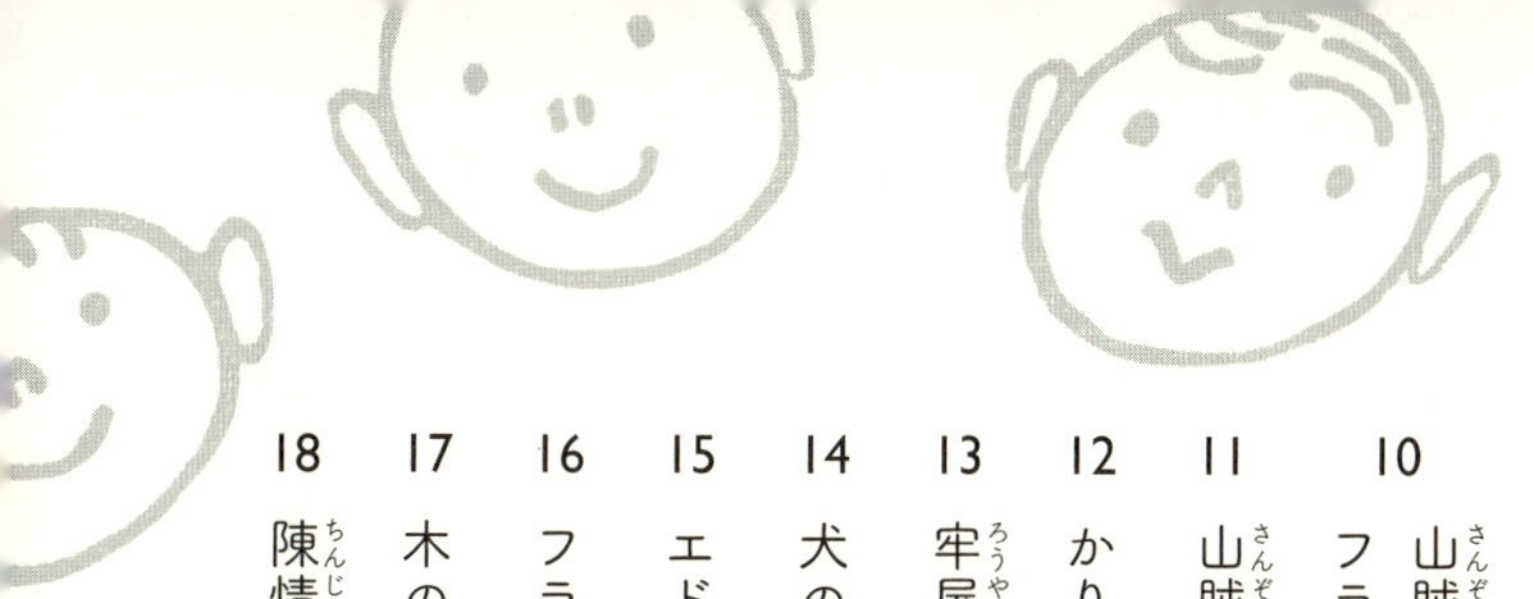

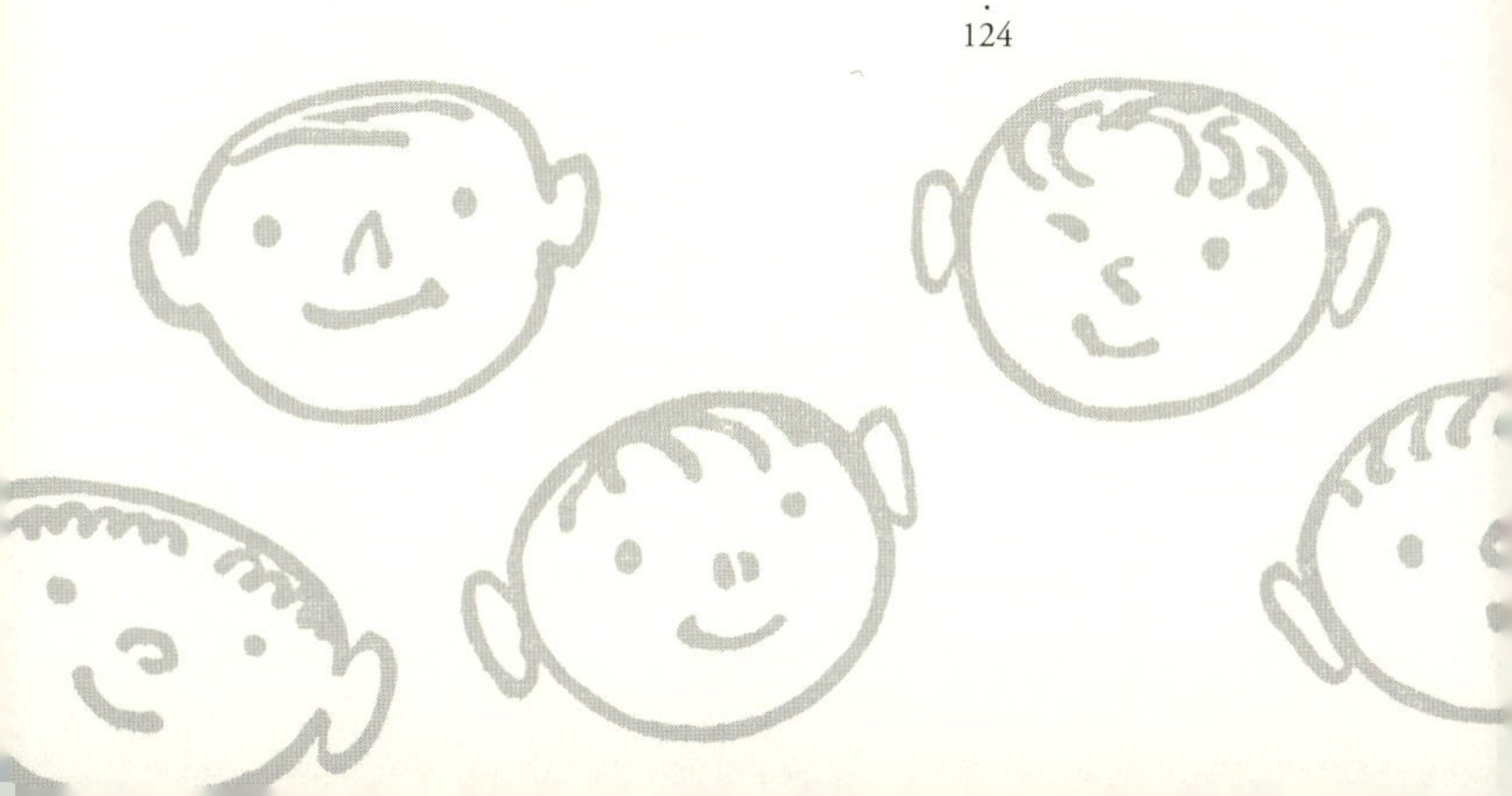

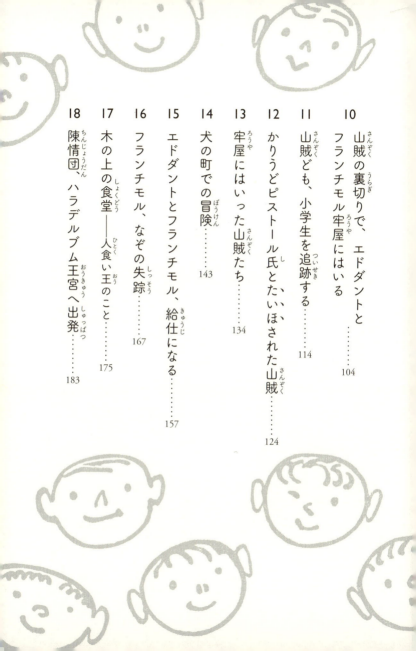

さし絵 ヨゼフ・チャペック

魔女《まじょ》のむすこたち

魔女《まじょ》とそのむすこたち

ふかく、くらい森の中に、こぎれいな小《こ》屋《や》がたっていました。このあたりで、うっかり道にまよった人は、ドアに、こんなはり紙があるのに気がつくことでしょう。

国家《こっか》公認《こうにん》
魔女《まじょ》　イスタル・バーバラ

その下に小さな字で、

自然《しぜん》の災害《さいがい》をおこしたいかた、
ひとの家畜《かちく》や財産《ざいさん》に損害《そんがい》をくわえたいかた、
花むこを手に入れたい女のかた、
および、そのほかもろもろの魔法《まほう》・魔術《まじゅつ》を
ひつようなかた、
よろこんでお引《ひ》き受《う》けいたします。
場合《ばあい》によっては、お宅《たく》まで出むきます。

と書かれています。

看板《かんばん》にいつわりなく、その小屋《こや》には、このかいわいはもちろん、国じゅうに知れわたった名高い魔女《まじょ》のバーバラばあさんが住《す》んでいました。百五十歳《さい》をすぎていましたが、年《とし》のわりに、まだ元気いっぱい

でした。ルンパール・パシャという名で鳴《な》らした魔《ま》法使《ほうつか》いのおとうさんから、魔《ま》法《ほう》の商売《しょうばい》を受《う》けつぎました。

今は亡《な》きおとうさんは、バーバラばあさんに魔《ま》法《ほう》や魔術《まじゅつ》の専門書《せんもんしょ》を一冊《さつ》のこらず残《のこ》していきました。それらの本には、いろいろなひみつや、術《じゅつ》をかけるときの、おまじないがぎっしり書かれていました。亡《な》くなったルンパール・パシャ氏《し》は、魔術《まじゅつ》にひつような道具類《どうぐるい》もちゃんと遺産《いさん》としてのこしていったのです。

バーバラばあさんは、ルドルフという白ヤギを飼《か》っていました。このルドルフは、なりたいものなんにでも化《ば》けることができました。なかでもあきんどに化《ば》けるのが、とくいちゅうのとくいでした。ルドルフは、あきんどの姿《すがた》で旅《たび》に出ては、おばあさんのために注文《ちゅうもん》をとってくるのでした。

この小屋《こや》には、ルドルフのほかに、ベルパニデスという年《とし》よりの竜《りゅう》も身《み》をよせていました。ベルパニデスは、チェコのいちばん古い時代《じだい》をおぼえていました。そして大昔《おおむかし》のプシエミスル王朝《おうちょう》はもちろん、ルクセンブルグ家《け》の王さまの名まえまでぜんぶそらでいうことができました。竜《りゅう》は、こうした王さまたちがおさめた時代《じだい》に大きくなったからです。

もうこれでみなさん、おわかりのように、たいへんな年《とし》より竜《りゅう》でした。老《お》いぼれて、むかしはかっかともえていた目の炎《ほのお》も今は消《き》えて、細《ほそ》いけむりが一本、歯《は》のあいだから立ち

のぼっているだけでした。けむりの中の炎《ほのお》は、もうだんだん、消《き》えかかっていました。ただ舌《した》だけは、今でもあかあかともえていました。森の木こりたちは、よくこの竜《りゅう》の舌《した》で、パイプに火をつけさせてもらったものでした。いつもは、小屋《こや》の前にすわって、考えぶかげにけむりをはきながら、そのむかし、わかく美《うつく》しいお姫《ひめ》さまの番《ばん》などしていたころの思い出にふけっていました。

さて、黒ネコのクイシンボークのことも忘《わす》れてはなりません。それは、人間《にんげん》にもめずらしいほどかしこくて、学問《がくもん》のあるネコだったからです。人間《にんげん》の声で話すこともできました。でも、もともとあまりおしゃべりずきではないものですから、どちらかといえば、みんなのおしゃべりに耳をかたむけているの

でした。クイシンボークは、じぶんの教養《きょうよう》を大事《だいじ》にしていて、いつだって新《あたら》しい知識《ちしき》をとりいれようとしていました。それに字がとても上手《じょうず》で、女主人《おんなしゅじん》にかわって、会計簿《かいけいぼ》もつければ、おとくいさきとの手紙のやりとりも、ぜんぶ引《ひ》き受《う》けていました。そのらんらんとかがやく目は、くらやみの中では、まるで自動車《じどうしゃ》のヘッドライトのようにあかるいものですから、魔女《まじょ》のおばあさんは、あかりの節約《せつやく》になるといって、よろこんでいました。夜になると、クイシンボークが照《て》らしてくれるのです。

バーバラばあさんには、子どもがふたりありました。ひとりは今年《ことし》六十八歳《さい》、もうひとりは二つ年下《としした》でした。ふたりとも、のびのび育《そだ》った、いきのいい男の子です。でも、見たところ、ふたりは似《に》ても似《に》つきません。

兄《あに》のほうは、エドダントといい、そのふとりぐあいも横《よこ》はばも、まるでおけかたるのようでした。夜、ベッドにはいると、重《おも》い鉄《てつ》のベッドのきしむ音がひびきわたります。いったんねがえりでも打《う》とうものなら、あたり一帯《いったい》の住民《じゅうみん》たちが、心配《しんぱい》そうに空を見あげ、さては夕立でもやってくるのかな、と思うしまつです。

ところが、弟《おとうと》のほうは、おにいさんとは正反対《せいはんたい》。名をフランチモルといい、そのからだときたら、くつひもか、毛糸《けいと》のようにやせっぽち。なによりおかしいのは、顔《かお》もからだもまっかで、おまけに赤い洋服《ようふく》が大すきなことでした。バーバラばあさんは、ときどきフランチモルをながめながら、ふしぎそうに、いったいだれに似《に》たのやら、とひとりごとをいっていました。それもそのはず、フランチモルのおとうさんはがんじょうで、肩《かた》はばのみごとな体格《たいかく》でしたし、バーバラばあさんのほうも、これまたいわゆる肥満型《ひまんがた》のほうでしたから。

エドダントは、おそろしい大食漢《たいしょくかん》で、そのたべること、たべること、見るもはずかしいほどでした。朝ごはんのときのコーヒーが、ざっと石油《せきゆ》かん一ぱい。その上、大きな黒パンをすくなくともまるごと十個以上《こいじょう》。しかもひときれごとに、たっぷり二センチもバターをぬっていないとだめなのです。これをたいらげると、こんどはお昼《ひる》ごはんが待《ま》ちきれず、おかあちゃんおなかがすいたよー、と鼻声《はなごえ》でせがみながら、バーバラばあさんのまわりを、ぴょんぴょん、はねてまわるのでした。

フランチモルのほうは、ぜんぜん何もいりません。チョッキのポケットに、小さな小さなおさじが入れてあって、お昼《ひる》には、これでお米かお豆《まめ》を三つぶたべると、ああ、おなかがはちきれそうだ、というのでした。あとはもう、一日じゅう何もたべるひつようがありません。バーバラばあさんは、フランチモルがもしや肺病《はいびょう》にでもなりはしないかと、びくびくしていました。でもフランチモルが、まれなほど丈夫《じょうぶ》で、元気いっぱいなのを見て、いつも胸《むね》をなでおろすのでした。

そのほかのことでは、バーバラばあさんは、じぶんのむすこたちにまんぞくでした。ときどき、うっとり、ふたりをながめながら、だれかれとなくいうのでした。うちには、世《せ》界《かい》じゅうどこをさがしてもいないくらい、かわいい子どもたちがいるんだよ。

バーバラばあさんがよろこんだのは、それだけではありません。ふたりのむすこは、よく気のつく、血《ち》のめぐりのはやい、かしこい子たちでしたから、たちまちおかあさんの魔《ま》法《ほう》の術《じゅつ》を身《み》につけ、おかあさんの商売《しょうばい》の手助《てだす》けもできました。バーバラばあさんは、山のような洗《せん》たくもので、よくいうネコの手も借《か》りたい時が、すくなくありません。

その上、となりの牛に乳《ちち》のかわりに血《ち》が出るよう、魔《ま》法《ほう》をかけてくれ、とよびにくる人、ヒョウをふらせて、となりの麦《むぎ》をたたきつぶしてもらえませんか、とたのみにくる人、そうかと思うと早くご隠居《いんきょ》さんが死《し》んでよけいな食《く》いぶちをへらせるよう、魔《ま》法《ほう》をかけてもらえたら、と思っているお百姓《ひゃくしょう》さんだっているし、魔法《まほう》の力で、おむこさんをさがしてほしいというむすめさんだっているからです。こんなたくさんの注文《ちゅうもん》をいちどにさばくわけにはいきません。そこで、バーバラばあさんは、こんな時むすこたちが、助《たす》けにとんできてくれるのが、それはありがたかったのです。

よくおばあさんは、ひとりごとをいいました。わたしは、なんてしあわせものだろう、これなら安心《あんしん》してあの世《よ》へいくことができるわい。おばあさんは、むすこたちがりっぱにこの商売《しょうばい》を引《ひ》きついで、うまくやってくれるにちがいない、と信《しん》じていたからです。

エドダントとフランチモルなら、ほんとうに、何をまかせても安心《あんしん》です。おかあさんが、商売《しょうばい》で長いことうちをあけでもすれば、家事《かじ》いっさいのきりもりから、動物《どうぶつ》たちのめんどうまで、引《ひ》き受《う》けました。それにヤギのルドルフも竜《りゅう》のベルパニデスもネコのクイシンボークもだれひとり不平《ふへい》がないよう、そして時間どおりえさにありつけるよう、気をくばってやりました。そのほかの家畜《かちく》たちの世話《せわ》もありました。たとえば、コウモリ、フクロウなど。魔女《まじょ》のおばあさんは、こんな動物《どうぶつ》を、むらがるほど飼《か》っていました。みな、おばあさんの仕事《しごと》に欠《か》かせないのです。

ふたりは、動物《どうぶつ》たちの世話《せわ》をすますと、金のシダ、それから草や木の根《ね》をさがしに森へ出かけるのでした。こうしておけば、いつでも魔法《まほう》に使《つか》えます。

2
エドダントとフランチモルかんとく官《かん》に出会う

ある年《とし》の秋のことです。バーバラばあさんが首《くび》をふりはじめたのです。それからずっとずっと、――ついにむすこたちが、たずねかけるまで首《くび》をふりつづけました。

「おかあさん、どうしてそんなに首《くび》ばかりふってるの?」

「なぜ首《くび》をふるかって?」年《とし》とったおばあさんはむすこたちを見ていいました。「あたしが首《くび》をふるのはね、頭《あたま》がへんになったからだよ。」むすこたちは、どうして頭《あたま》がおかしくなったのかとたずねました。

「これまで長いこと、そら、あの悪霊《あくりょう》とか妖怪《ようかい》たちをよびだしてきたが、それがこのごろいやに長くかかってね。なんだか地獄《じごく》の怪物《かいぶつ》どもがきたがらないようなんだよ。いつもなら、あっというまにまいあがってくるのに、今じゃこちらがお願《ねが》い申《もう》さなきゃならないしまつなんだ。まずたまにしか出てこないし、きたとしても、まだろくろく話もしないうちに、ぼやけてきて、消《き》えうせてしまうのさ。」

「いったいどうしてなんだろうね、おかあさん。」エドダントがたずねました。

「長いこと、それがわからなかったんだがね。やっと思いあたったのだよ。のぞいてみたら機械《きかい》にひびがはいってるじゃないか。霊《れい》たちが、そのわれ目から、どんどんにげていってしまうんだね。」

機械《きかい》というのは、鉄《てつ》の車輪《しゃりん》のようなもので、宇宙《うちゅう》のありとあらゆる惑星《わくせい》の図《ず》がかいてあるのでした。バーバラばあさんは、いつもこの機械《きかい》――魔法《まほう》の円盤《えんばん》といってもいいのですが――にのりこんで、底力《そこぢから》のある声で呪文《じゅもん》をとなえ、地獄《じごく》の妖怪《ようかい》たちをおびきよせていました。このつよい魔法《まほう》の呪文《じゅもん》の力にあうと、地獄《じごく》の怪物《かいぶつ》たちも、姿《すがた》をあらわさないわけにはいきません。そして、おばあさんの、どんな願《ねが》いもききいれないわけにはいかないのでした。

「修繕《しゅうぜん》しなきゃだめなんだよ。」おばあさんはため息《いき》をついていいました。「また金がい

るんだよ！　いったいどこでそんな金をくめんしたらいいんだろ。さて、おまえさんたち、命令《めいれい》だよ。いいつけだ。この魔法《まほう》の円盤《えんばん》をふたりでもって、町まで運《はこ》んだら、カジ屋《や》さんをさがして、修繕《しゅうぜん》をたのんでおくれ。だがいいかい。早くしあげてもらうように、そこで待《ま》っているんだよ。これなしじゃ、あたしゃなんにもできないんだからね。」

　ふたりのむすこたちは、こころよく魔《ま》法《ほう》の円盤《えんばん》を町に運《はこ》ぶ仕事《しごと》を引《ひ》き受《う》け、すぐに出発《しゅっぱつ》の準備《じゅんび》をはじめました。魔女《まじょ》のおばあさんは、ふたりに不足《ふそく》のないよう、じゅうぶん食料《しょくりょう》をととのえました。そこで、ふたりははれやかなきもちで、町をめざして出発《しゅっぱつ》しました。

おじいさん竜《りゅう》のベルパニデスも、ヤギのルドルフも、ネコのクイシンボークも、首《くび》つり台《だい》のあるわかれ道《みち》のあたりまでふたりを送《おく》っていきました。そこでみんなで、さよならをいい、旅《たび》のぶじを祈《いの》りました。

やさしい動物《どうぶつ》たちは、ふたりのきょうだいたちが魔法《まほう》の円盤《えんばん》を運《はこ》んでいく姿《すがた》を、長いこと見送《みおく》っていました。魔法《まほう》の円盤《えんばん》がふたりにまたとくべつお似《に》あいだな、と思いながら。

ふたりのほうは、なんのおそれもなく、まっ白い道をどうどうとすすんでいきました。世《よ》の中《なか》のようすや、まだ見たこともない村や町を見るよろこびに胸《むね》をふくらませながら。

たくさんの山をこえ、たくさんの垣根《かきね》をのりこえ、川をいくつもわたって、とうとう大きな町にやってきました。町には、教会《きょうかい》や牢獄《ろうごく》がそびえたち、食堂《しょくどう》が立ちならんでいました。人びとは、平和《へいわ》にしずかにくらし、ただおぼんとお祭《まつ》りの日だけ、なぐりあいのけんかをするのでした。

ふたりは、すぐカジ屋《や》を見つけ、さっそくたのみごとをつたえました。カジ屋《や》さんは、さも腕《うで》ききらしく、円盤《えんばん》を見まわしてしらべると、腕《うで》をまくりあげて、仕事《しごと》にとりかかりました。カジ屋《や》の弟子《でし》は、ふいごをおしては、火口《かこう》にパッパッと空気《くうき》を送《おく》りました。カジ屋《や》さんは、火花がとびちるまで、かなづちをふりました。エドダントとフランチモルは、カジ屋《や》さんのみごとな腕前《うでまえ》にすっかり感心《かんしん》して、ながめていました。

こうして、ふたりがカジ屋《や》さんの仕事《しごと》に夢中《むちゅう》になっている時でした。ひとりの男がちかづいてきました。長いあごひげ、鼻《はな》めがね、それにまっ黒いエンビ服《ふく》をきていました。男は、きょうだいふたりをじろじろ上から下までながめまわすと、指《ゆび》を立てて、たずねました。

「連体形《れんたいけい》というのは何か知ってるかね？　さて、どちらがこたえられるかね？」

きょうだいたちふたりは、あきれてその人を見つめたまま、だまりこくっているだけでした。

もったいぶった紳士《しんし》は、声を高くしてくりかえしました。

とうとうエドダントが、「レンタイのケイとはなんのことだかわかりません。」とすなおに白状《はくじょう》しました。

「こりゃ、ひどい！」紳士《しんし》はかっと腹《はら》を立てました。「こんな大きな子どもたちが、文《ぶん》法《ぽう》を知らないとは。いったいどの学校にかよっているのかね？」

フランチモルは、いままで学校というものへは、ぜんぜんいったことがなく、字も文法《ぶんぽう》も、さっぱりわからないことをみとめました。

もったいぶった紳士《しんし》は、そのことばを耳にするや、みるみるうちに顔《かお》をまっさおにし、口ひげをさかだてておこりだしました。

「わしはこの地方の教育委員会《きょういくいいんかい》のかんとく官《かん》だ。わしの役目《やくめ》は、この地方に住《す》む子どもたちが、みんなきちんと学校にかようよう、かいかいかんとくすることだ。でないと親《おや》か、保護者《ほごしゃ》が、きびしい罰《ばつ》を受《う》けることになる。」

それからきょうだいたちめいめいに、名まえ、住所《じゅうしょ》をたずねると、ぜんぶ注意《ちゅうい》ぶかく手《て》帳《ちょう》にしるし、いばっていってしまいました。

カジ屋《や》の主人《しゅじん》は、地方教育委員会《ちほうきょういくいいんかい》かんとく官《かん》ということばをきくと、いかにもこれはまずいというようにうなずきながら、「やれやれ！　おまえさんたちの母上《ははうえ》が、ひどい目にあうかもしれないよ！」といいました。

「気にしない、気にしない。」主人《しゅじん》は、ふたりの男の子が泣《な》きだしそうなのを見て、いい足しました。「苦《く》あれば楽《らく》あり、といってね。それがまた、かえっていいことになることもあるもんだよ。」

カジ屋《や》さんは、男の子たちに、修繕《しゅうぜん》のできあがった車輪《しゃりん》、つまり魔法《まほう》の円盤《えんばん》をわたして、その代金《だいきん》を受《う》けとると、心をこめてさよならをいい、おかあさんにもよろしく、とことづけました。

3

きょうだいたち学校で魔法《ま》《ほう》を使《つか》う

――あなたのご子息《しそく》を、学校へかよわせなければいけません。――こんな手紙をお役所《やくしょ》から受《う》けとったバーバラばあさんは、どうしたでしょう。

「こんなこと、あってたまるもんですかい。」おばあさんは、さけびました。「子どもたちが学校へかようとなれば、いったいだれがうちにのこるんだい？　いったいだれが、うちの番《ばん》をするんだね？　動物《どうぶつ》たちのめんどうをみたり、森へ魔術《まじゅつ》に入り用な草や木の根《ね》っこをさがしに出かけたり。わたしゃ、これでも、とてつもない税金《ぜいきん》だって払《はら》ってるんだ。だのにみな、わたしに目もくれない。あのおえらいかたたちは、このあわれな後家《ごけ》のばあさんにならば何をしてもいいと思っておいでらしい。が、それは大まちがいですよ。」

おばあさんは、そそくさと身《み》じたくをして、お役所《やくしょ》へ出かけていきました。お役人《やくにん》たちに、なっとくしてもらおうとしたのです。

でも、それはむだ足でした。なぜなら法律《ほうりつ》は法律《ほうりつ》なのです。法《ほう》によれば、何人《なんぴと》も学校へかよわねばならない、からです。

そうこうするうちに、ふたりのきょうだいが授業《じゅぎょう》を受《う》けに学校へ出かけなければならない日がやってきました。竜《りゅう》のベルパニデスじいさんは、ふたりの学問《がくもん》の道に幸《さいわ》いあれ、と別《わか》れのあいさつをしました。ネコのクイシンボークと、ヤギのルドルフは、ふたりの子どもたちを学校まで送《おく》っていかずにはいられませんでした。

バーバラばあさんは、学校でむすこたちが、おなかをすかせないようにと、食《た》べものを持《も》たせました。ヤギのルドルフは、フランチモルの教科書《きょうかしょ》のはいったかばんを持《も》ちました。フランチモルは、ほんとのやせっぽちですから、疲《つか》れるといけませんでしたからね。でもエドダントは、じぶんの教科書《きょうかしょ》はじぶんで持《も》っていきました。

ネコのクイシンボークは、いっしょに歩きながら、授業《じゅぎょう》ちゅうは、注意《ちゅうい》ぶかく先生の話に耳をかたむけ、よく勉強《べんきょう》するのですよ、とさとしました。

「知識《ちしき》は力です。いちど、じぶんのものにしてしまえば、もう、うばうことはできませんからな。わたしをごらんなさい。わたしはわかいころよおく勉強《べんきょう》した。だからこそこれまでになれたのでしてね。あなたがたの母上《ははうえ》のところでも、わたしはずいぶん重《おも》んじられている。しかし、たとえこの地位《ちい》をうしなったとしても、さして心配《しんぱい》はないのでしてね。わたしのような学問《がくもん》あるネコは、食《た》べものにこと欠《か》くことはないのです。」

「学校では、よそみをしないで、どんないいつけも、きまりもよく守《まも》るよ。」エドダントとフランチモルは、指《ゆび》きりしてネコのクイシンボークに約束《やくそく》しなければなりませんでした。

「もちろん信《しん》じていますとも。わたしにはずかしい思いをさせないで、いつもわたしをよろこばせてくれるでしょうね。」おじいさんネコはいいました。

ふたりが教室《きょうしつ》にはいっていくと、子どもたちは、みなこの新《あたら》しい生徒《せいと》たちをいっせいに見まわしました。ふたりはクラス一ノッポだったので、先生はこのふたりに、いちばんうしろの席《せき》にかけるよう命《めい》じました。

白状《はくじょう》しましょう。ふたりにとって勉強《べんきょう》は、これっぽっちもおもしろくありませんでした。だって今まで、したいことはいくらでもすることができましたし、気ままなくらしに、すっかりなれっこになっていましたから。でも今はすわりづめです。手は机《つくえ》の上においたまま、からだを動《うご》かすことだって、大声で話すことだってできません。でないと大めだまがとんできます。

それは長い、ほんとに長い時間でした。学校の鐘《かね》が鳴《な》ってまた自由《じゆう》な時間がやってくるのを、ふたりのきょうだいは、どんなに待《ま》ちこがれたことでしょう。それに家がなつかしくて、泣《な》きだしたいほどでした。ルドルフもクイシンボークもそれに竜《りゅう》のベルパニデスじいさんまでうちにのこっているというのに、じぶんたちはこうして頭《あたま》をキリキリマイさせている、こんな不公平《ふこうへい》はないぞ。ふたりはそう考えました。

そのとき、思いつきのよいフランチモルは、ふと魔法《まほう》のことを思いだしました。こうなったらしめたもの。あらゆる術《じゅつ》を総動員《そうどういん》して、学校の鐘《かね》を時間より早く鳴《な》らし、授業《じゅぎょう》をおわらせよう。アブル・カブル・ドミネ。それから耳をぴくぴく動《うご》かし、舌《した》をペロリと出すだけでおしまい。もう鐘《かね》はカンカンと、ひとりでに鳴《な》りだしました。

でも、これをいくどもくりかえすうち、校長先生に気づかれて、小使《こづか》いさんが大めだまをちょうだいしました。小使《こづか》いさんは、「じぶんは鳴《な》らしません、きっと、いたずらっ子たちのしわざにちがいありません。」と、つよくいいはりました。わるい生徒《せいと》だ、つかまえてやれ、と、それからというものずいぶん見張《みは》ってもみましたが、いつも失敗《しっぱい》におわりました。まさか魔法《まほう》のせいだと思う者《もの》はありませんでした。

この成功《せいこう》に気をよくして、ふたりのきょうだいは、じぶんたちだけでなく、同級生《どうきゅうせい》たちをゆかいにさせるようないたずらを、つぎからつぎへとあみだしました。このころ、いっしょに学校にかよっていた子どもたちはみな、今でもこの魔女《まじょ》のおばあさんのむすこたちが、みんなにしてみせてくれたゆかいないたずらのことをよくおぼえています。

そのぜんぶを今、ここでかぞえあげることはできません。作者《さくしゃ》のわたしもそれほどおぼえてはいませんからね。ただ書き取《かきと》りの時間のおもしろい手品《てじな》について、もしまだみなさんがきいていないようでしたらお話ししましょう。

わかい女の先生が、『さあ、散歩《さんぽ》に出かけましょう』というお題《だい》を黒板《こくばん》に書きました。

「すばらしいお天気です。さあ、ちかくの森へ散歩《さんぽ》に出かけましょう。小鳥たちは楽《たの》しげにさえずり、小川は、さらさら、ささやいています。おかあさんは、つぼを持《も》たせてくださいました。野《の》いちごをつんでそれに入れるのです。森には花もさいています。花輪《はなわ》もあみましょう。」

先生がこんな文章《ぶんしょう》を黒板《こくばん》に書いて、子どもたちはそれをノートにうつすのでした。先生は書きおわると机《つくえ》にむかって教室《きょうしつ》を見わたしました。

ところが子どもたちは、書く手をとめたまま、目をまんまるにして大声をあげているのです。いったい何がおこったというのでしょう。クラスじゅうが、黒板《こくばん》を指《ゆび》さしましたから、先生がふりかえってみると、まあ、どうしたことでしょう。

黒板《こくばん》に「森」と書いたところには、モミの木が立っています。「小鳥たち」と書いたところには、黒ツグミが一羽《わ》とホオジロが一羽《わ》とまって、声をかぎりにさえずっているのです。「小川」ということばのところには、泉《いずみ》が黒板《こくばん》からすんだ水をあふれさせているのです。ほんものの森のせせらぎのように、それは、さらさらと音まで立てていました。黒板《こくばん》は、色とりどりの花々ではなやぎ、みなひとりでにちゃんと花輪《はなわ》になっているのでした。

これでは、教室《きょうしつ》じゅう大さわぎと

なり、この時間の勉強《べんきょう》がつぶれてしまったとしてもふしぎではありません。女の先生は、このふしぎなできごとを見てもらおうと校長先生のところへかけつけました。でも、もどってきた時には、魔法《まほう》はもうその力をうしなって、黒板《こくばん》は、もとのまま。ていねいな字で書かれた、書《か》き取《と》りになっていたのでした。校長先生は、仕事《しごと》のじゃまをされたといって、女の先生にすっかり腹《はら》を立ててしまいました。ふしぎなことがおこったなんて、てんで信《しん》じようとはしないのでした。

その上、小使《こづか》いさんまで、またへんな時間に鐘《かね》を鳴《な》らしたといってしかられました。さんざん文句《もんく》をいわれたかわいそうな小使《こづか》いさんは、ちかくの酒屋《さかや》で、したたかのむと、そのまま町へ出て、兵隊《へいたい》さんになってしまったということです。この時以来《いらい》、だれも、この小使《こづか》いさんのことを耳にしていません。

エドダントとフランチモルは、もちろんじぶんたちの魔術《まじゅつ》のいたずらのおかげで、クラスじゅうの子どもたちに、うやまわれるようになりました。大ぜいの男の子、女の子たちが、じぶんも魔法使《まほうつか》いの修業《しゅぎょう》をさせてよ、と家で両親《りょうしん》をこまらせたものでした。

4

魔《ま》法《ほう》のほうきにのって遠《えん》足《そく》

夏がやってきました。学校の職員会議《しょくいんかいぎ》で、みんなそろって遠足《えんそく》にいくことにきめました。校長先生を先頭《せんとう》に全校《ぜんこう》あげて、名所見学《めいしょけんがく》にいくことになりました。そこには、絵《え》のように美《うつく》しいクルツェンブルグ城《じょう》の廃墟《はいきょ》があるのでした。このお城《しろ》についても、たくさんの逸話《いつわ》や伝説《でんせつ》が語《かた》りつたえられていましたし、そのこわれかかった壁《かべ》は、このお城《しろ》を見物《けんぶつ》にきた人たちの落書《らくが》きで、いっぱいでした。

エドダントとフランチモルは、この遠足《えんそく》のためにぬかりなく準備《じゅんび》しました。おかあさんがたまたま家をあけていましたから、こっそり魔法《まほう》のほうきを拝借《はいしゃく》しました。バーバラばあさんは、この魔法《まほう》のほうきにまたがって、たびたび魔女会議《まじょかいぎ》に出席《しゅっせき》しました。聖《せい》フィリップ・ヤコブの祭《まつ》りの夜になると、煙突《えんとつ》からほうきにまたがってとびたちます。魔法《まほう》にかけられた山々の峰《みね》のかなたを何百キロもとぶのです。そこには、魔女《まじょ》たちが全員集《ぜんいんあつ》まって、地獄《じごく》のエンマ大王さまにふかく頭《あたま》をたれ、敬意《けいい》を表《ひょう》するのでした。このほか魔女《まじょ》たちは、今後《こんご》の仕事《しごと》の方針《ほうしん》について話しあったり、気勢《きせい》をあげたり、税金反対《ぜいきんはんたい》の抗議集会《こうぎしゅうかい》をひらいたりするのでした。きょうだいふたりは、そのほうきを、学校の建物《たてもの》からほど遠《とお》くないところに、そっとかくすと、遠足《えんそく》の日を、指《ゆび》おりかぞえて待《ま》ちました。

いよいよその日がやってきました。先生たちは、生徒《せいと》たちを教室《きょうしつ》から校舎《こうしゃ》の前につれだしました。校長先生がやってきて、生徒《せいと》の数《かず》をかぞえると、二列《れつ》にならばせました。さてここまでことが運《はこ》ぶや、エドダントとフランチモルは、魔法《まほう》のほうきを引《ひ》きだしてきて、同級生《どうきゅうせい》たちにほうきの柄《え》にすわるよういいました。子どもたちはみな大よろこび。それっとばかり、ほうきに腰《こし》かけました。ただいつも「たいへんよい」だけもらっている男の子ふたりだけは、もとの場所《ばしょ》にのこったままでした。

エドダントは棒《ぼう》のさきに、フランチモルは、ほかの子どもたちのうしろに席《せき》をとりました。「準備完了《じゅんびかんりょう》！」フランチモルは乗客《じょうきゃく》を見まわしてから、エドダントによびかけました。

このあいずとともに、ほうきは、ひくくブルブルッとうなって、うかびあがると、雲をつっきって宙《ちゅう》たかくまいあがっていきました。

どんどん、みんなのからだは、のぼっていきます。生徒《せいと》たちは、下界《げかい》をじっと見まもっています。目の下に田畑《たはた》がゆれ、家々がマッチ箱《ばこ》に変《か》わり、村じゅうがお城《しろ》の箱庭《はこにわ》の、木でできた建物《たてもの》そっくりになっていくのでした。

あとにのこされた校長先生と先生たち、それにふたりの生徒《せいと》たちが、空をあおいで、あわてふためいて手をふりまわしている姿《すがた》も、よくよく見物《けんぶつ》しました。それから先生たちの一行《いっこう》が白い道路《どうろ》にそって歩きはじめました。それもこのおそろしい高さから見ると、リボンのきれはしにそっくりでした。

魔法《まほう》のほうきは、どんどん高くのぼっていきました。風と追《お》いつ追《お》われつの競走《きょうそう》です。子どもたちは思いがけない冒険《ぼうけん》に大はしゃぎ。頭上《ずじょう》にはもえる太陽《たいよう》が、足もとにはふわふわとまるい雲が流《なが》れすぎるのを楽《たの》しみました。

あっというまにもう下には、クルツェンブルグ城《じょう》の廃墟《はいきょ》が見えてきました。子どもたちが砂場《すなば》でつくるうちほどの高さしかありません。そこでフランチモルは、おにいさんのエ

ドダントにむかってさけびました。

「クルツェンブルグ空港《くうこう》、着陸《ちゃくりく》！」

このあいずでエドダントはほうきを地面《じめん》にむけました。たちまち目の下の大地がゆれうごき、田《た》畑《はた》や森や、川や道や人びとのすまいがみるみる大きくなって、やがてほうきは、酒屋兼食堂《さかやけんしょくどう》「楽大《らくだい》軒《けん》」の前に着陸《ちゃくりく》しました。

入口に店《みせ》の主人《しゅじん》があらわれ、お客《きゃく》たちをこころよくむかえると、「何をさしあげましょう。」と、たずねました。

エドダントとフランチモルが、ほうきからとびおりると、ほかの子どもたちもみなそれにつづきました。

「おじさん、ガレージがありますか。」フランチモルがたずねました。

「ありますとも。」店《みせ》の主人《しゅじん》はこたえました。そこでフランチモルは、おじさんによくよくほうきの世話《せわ》をたのみました。店《みせ》の主人《しゅじん》は、下男《げなん》をよんで、ほうきをきれいにして、車庫《しゃこ》にしまうよう命《めい》じました。

エドダントは、弟《おとうと》フランチモルとほかの子どもたちの食《た》べものと飲《の》みものをみずからさしずしました。飲《の》みもの運《はこ》びのおじさんが、元気いっぱい、木《き》いちごシロップやレモネードをくばれば、料理運《りょうりはこ》びの給仕《きゅうじ》さんは食《た》べものを運《はこ》んできます。子どもたちは、たべてはのみ、のんではたべて、大はしゃぎでした。

フランチモルは、ふところから小さなおさじをとりだし、米粒《こめつぶ》を三つぶのせてのみこむと、「あーあ、たっぷりたべた。」と、いいました。

こまったのは、エドダントです。エドダントのテーブルには、四人の給仕《きゅうじ》さん、それに店《みせ》のご主人《しゅじん》も総出《そうで》で食《た》べものを運《はこ》びましたが、まにあいません。

みんなのひたいからは、汗《あせ》がぽたぽた流《なが》れおち、台所《だいどころ》から食堂《しょくどう》、食堂《しょくどう》から台所《だいどころ》へと、かけてもかけてもまにあいません。とうとう下男《げなん》のホンゼル、それに下女《げじょ》のクリスチーナも

手つだわされました。ついには、納屋《なや》からむすめのエリザベスまでよびだされました。それからは全員《ぜんいん》そろって、そらあちら、そらこちらと、とびまわり、エドダントのところに食料《しょくりょう》を運《はこ》びこむと、またからの食器《しょっき》をさげていくのでした。それでもエドダントはたえまなく小言《こごと》をいったり、どなったり。やれ、「なんというサービスだ。ぼくをうえ死《じ》にさせる気か。」と、いったかと思えば、「これでも一級《きゅう》レストランだって？　このだらしなさは新聞記事《しんぶんきじ》ものだぞ。」などというのです。

でもだれの目にだってお店《みせ》の主人《しゅじん》が、できるだけのことをしていることは、あきらかでした。そして、だれが見てもこんなお客《きゃく》さん——ガチョウを一羽《わ》まるごとぺろりとのみこんだり、ブタ半頭《はんとう》いちどにたいらげて、その上まだおなかぺこぺこだとさわいでいるお客《きゃく》さんの給仕《きゅうじ》が、なみたいていのものではないことは、はっきりしていました。

ついに店《みせ》の主人《しゅじん》は、エドダントの足もとにたおれてしまいました。そして、「どうかもうこれ以上《いじょう》ご注文《ちゅうもん》くださいますな。もう材料《ざいりょう》はございません。村じゅうの家畜《かちく》という家畜《かちく》、とりというとり、みな使《つか》いはたしてしまいました。池の魚《さかな》は一ぴきのこらずつかまえてしまいました。それらぜんぶを焼《や》いて、もうエドダントさまの食卓《しょくたく》に出させていただきました。」と、なさけなさそうにおわび申《もう》しあげるしまつです。

「消《き》えうせろ！　この裏切《うらぎ》り者《もの》め！　ぼくの目の前から消《き》えうせろ！」エドダントはこういって、店《みせ》の主人《しゅじん》を追《お》いはらってしまいました。

それがすむと、「これから外へ出て芝生《しばふ》にねころがることにする。だれもじゃましないでくれ。」と、宣言《せんげん》するのでした。しばらくすると、もうエドダントのいびきがあたりにひびきわたりました。ひどいもので、その物音《ものおと》で、小鳥という小鳥は、いたるところみなとびちり、人びとは、そら地震《じしん》だ、と、十字をきっていうのでした。

「神《かみ》よ、われらとともにあらせたまえ、悪魔《あくま》を打《う》ちはらいたまえ！」

5

動物《どうぶつ》たち、魔法《まほう》にかけられる

そうこうしているうちに、校長先生を先頭《せんとう》に、先生たちとふたりの生徒《せいと》の一行《いっこう》が、村にたどりつきました。

電車《でんしゃ》と汽車《きしゃ》とバス、それにトロッコまで使《つか》ってきたのですから、日はもうかたむいていました。おなかはペコペコ、のどはカラカラ。みんなすぐにも食《た》べものや飲《の》みものを注文《ちゅうもん》したいところでした。しかし店《みせ》の主人《しゅじん》は悲《かな》しそうにいったのです。「なにせもう、ニンジンのしっぽ一本ございません。何から何までもうたべられてしまいまして……」

いったい、どうしたらいいというのでしょう？　そこで校長先生は、エドダントとフランチモルにきびしいお説教《せっきょう》をしました。「ふたりが魔法《まほう》のほうきでしでかしたいたずらは、けしからぬ。もうこんなことは、二どとふたたびやってはいけない。でないと『お行儀《ぎょうぎ》』の点《てん》を悪《わる》くして、劣等生《れっとうせい》あつかいにする。」といいました。

パン一かけらもないとなって、校長先生は、ふたりの生徒《せいと》に道徳《どうとく》の講義《こうぎ》をすることにきめました。そうでもしなければ時間のつぶしようがなかったのです。その一時間がすぎると、こんどは算数《さんすう》でした。

いっぽう、ほかの生徒《せいと》たちは、エドダントとフランチモルをとりかこみ、「何かおもしろい魔術《まじゅつ》をしてみせてよ。」と、せがみました。エドダントとフランチモルはふたりでひそひそ相談《そうだん》していましたが、相談《そうだん》がまとまると、さっそくはじめました。

ふたりは、店《みせ》の主人《しゅじん》がヤギとカナリヤを飼《か》っているのに目をつけました。そこで目を閉《と》じ、魔法《まほう》のおまじないをとなえました。「地獄《じごく》の妖怪《ようかい》どの。あなたに魔法《まほう》をおかけいたしましょう。シトウリスス・レーテ・アヘロン・ホム・イル・ラハーラ・ジゴクール・ソレカーラ・メフィスト！」そして、これにくわえて、ありとあらゆるおまじないの身《み》ぶりをしました。

すると、どうでしょう。みるみるヤギはカナリヤに、カナリヤはヤギになってしまったのです。主人《しゅじん》は、いつもの調子《ちょうし》で、かごの中をピョンピョンととびはねている小鳥にちかよると、口をすぼめていいました。

「ホンジークや、このいたずらっ子や！」

カナリヤがきっと陽気《ようき》な歌《うた》をうたってくれるだろう、と思ったのでした。ところが、ふしぎもふしぎ、カナリヤは、ヤギがだれかをつので引《ひ》っかける時のように首《くび》をかしげると、とつぜんさわがしく鳴《な》きたてました……。「メエエエエッ！」店《みせ》の主人《しゅじん》は、かごの中がヤギのフンだらけなのにも気がつきました。奇妙《きみょう》に思いましたが、それでも中庭《なかにわ》に出て、ヤギの小屋《こや》をのぞきにいきました。ヤギに食《た》べもの、飲《の》みものがやってあるかな、と思って。ところが、これまたどうでしょう。店《みせ》の主人《しゅじん》は、びっくりぎょうてん。ヤギがとまり木にすわっていたのです。目を閉《と》じて、その小さな口をひらくと、口もとから美《うつく》しいさえずりが流《なが》れ出《で》てくるのでした。「ツルルルルー、チーチーチー、ターターター、ツルルルル！」ヤギが、カナリヤのように歌《うた》をうたっているのです。

店《みせ》の主人《しゅじん》は目がまわり、今にも気をうしなわんばかりでした。そのまま中庭《なかにわ》にあった木《き》箱《ばこ》にどっかり腰《こし》をおろすと、ひたいの汗《あせ》をぬぐいました。「こんなことって、あるものか。

わしは夢《ゆめ》をみてるにちがいない……」いくどもただ、こうくりかえすのでした。「お医者《いしゃ》さんのところへいって、水薬《みずぐすり》をもらうんだ。」店《みせ》の主人《しゅじん》はそうきめました。「わしは働《はたら》きすぎなんだ。だからまぼろしが見えるんだ。神経《しんけい》をやられたんだ。そうだ、それにちがいない！」

そうしては、すわりこんで、じーっと考えこむばかり。よくいう、「うわの空」です。そんな時、だれかが主人《しゅじん》をよびました。頭《あたま》をあげてみると、それはおかみさんでした。おかみさんは、金《かな》きり声《ごえ》をあげています。

「ちょっと、ちょっと、これを見ておくれよ！」

主人《しゅじん》が何ごとだろうとのぞいてみると、ちょうどちかくをどこかの自動車《じどうしゃ》が走りすぎて、警笛《けいてき》を鳴《な》らしたところでした。すると、いままで中庭《なかにわ》を何ごともなく散歩《さんぽ》していたニワトリが、ふいにワンワン鳴《な》きたてて、その自動車《じどうしゃ》のうしろにとびかかっていくのです。そしてニワトリは、しばらくしてもとのところにもどってくると、あたりをクンクンかぎまわりながら、片足《かたあし》を持《も》ちあげるのでした。

いっぽう、この時までつみあげた肥料《ひりょう》のまわりを、おとなしくいったりきたりしながら、

コケコッコー
メエエエエッ!
ツルルルルー
ターターター

ミミズをさがして地面《じめん》をほじくり返《かえ》していた犬が、自動車《じどうしゃ》の物音《ものおと》におどろいて、必死《ひっし》のいきおいで、コケコッコー、とさけびました。そしてパッとかけだすと、コケッコッコと鳴《な》きながら、へいの上にまいあがるのでした。その毛をさかだてて、ふわりとふくらまし、けたたましくコケコッコーと鳴《な》きたて、しまいには、目に空色のまくがかかってしまうほどでした。店《みせ》の主人《しゅじん》とおかみさんは、これを見ると頭《あたま》をかかえこんで泣《な》きくずれました。

「ばあさんや、ふしぎなこともあるもんだ。うちの家畜《かちく》たちは気がへんになってしまったぞ！」主人《しゅじん》はなげいていいました。

「この年《とし》になって、家畜《かちく》までおかしくなってしまうなんて！」おかみさんが、悲嘆《ひたん》にくれていいました。

「こんな罰《ばち》があたるなんて、いったいわしらが何をしでかしたっていうのだろう？」

「こりゃ、神《かみ》さまに罰《ばっ》せられたんだよ。きっと。」おかみさんが、考え考えいいました。

「どんな罰《ばつ》だというんだ。わしらは税金《ぜいきん》もきちんとおさめてる。商売《しょうばい》だってうまくやってる。じゃ、いったいなんの罰《ばつ》があるんだね？」主人《しゅじん》が文句《もんく》をいいました。

「もしや、お客《きゃく》さまたちのだれかが、神《かみ》さまに告《つ》げ口《ぐち》したなんてことはあるまいね？」

おかみさんは、すっかり考えこんでいます。主人《しゅじん》のほうは、なかなか賛成《さんせい》しません。

「おまえ、いったいなんの不平《ふへい》があるというんだね。わしらのところは、サービスはとびきりだし、値段《ねだん》もほどほどだし……」

そういうと、ぱっと立ちあがって、大声でいいました。

「うん、このままほうっとくわけにはいかん！　わしは、すべて弁護士《べんごし》さんにまかせることにする。うん、わしは、この件《けん》を裁判《さいばん》に訴《うった》えるぞ。こんなまじめな商売人《しょうばいにん》が、これほどまでメチャクチャにいためつけられていいものか！」

おかみさんが、だんなさんの思いつきをほめると、主人《しゅじん》はさっそく馬方《うまかた》に、町までひと走りいってくるから馬車《ばしゃ》の用意《ようい》をするよう、いいつけました。

馬方《うまかた》はいわれたとおり、仕事《しごと》をしに出かけましたが、しばらくしてもどってくると、みょうな報告《ほうこく》をしたのでした。馬方《うまかた》が馬車《ばしゃ》に馬をつけようとしたところ、馬はおこったようにふりむいて、毛をさかだて、シャーッとうなり、あげくのはては、そのひづめで馬方《うまかた》をけとばし、それから、垣根《かきね》にとびあがって、毛をなめはじめたというのです。そしてふいに木の上のスズメを見つけると、身《み》づくろいをぴたりとやめ、つかまえようとでもするように、そーっとスズメにせまっていきました。ただスズメがとびたってしまったので、馬は木から屋根《やね》にはいおり、大声でニャーン、ニャーンと鳴《な》くと、屋根裏《やねうら》の小窓《こまど》から消《き》えてしまったというのです。

馬方《うまかた》は、馬のしでかした不始末《ふしまつ》をご主人《しゅじん》にふかくわびると、「これは、あっしの責任《せきにん》じゃないんでして、馬だけは、いつもじゅうぶん、めんどうみておりやした。」と、いいました。馬方《うまかた》は、てっきり主人《しゅじん》がじぶんをこっぴどくしかりつけ、くびにすると思いこんでいたのでした。

しかし、白墨《はくぼく》のように青ざめた店《みせ》の主人《しゅじん》は、しょんぼりと手をふって何やらもそもそいっただけでした。

「ああ、これで世《よ》もおしまいじゃ。」

6

山賊《さんぞく》のすみかの生徒《せいと》たち

こうして子どもたちは、その午後《ごご》を、クルツェンブルグ城《じょう》の下で、いろいろおもしろいことをして、楽《たの》しくすごしました。日は西にかたむき、あたりはほのぐらくなってきました。先生たちは、そろそろ帰《かえ》りのことを考えて、生徒《せいと》たちをよびはじめました。しかしエドダントとフランチモルは、「帰《かえ》りも魔法《まほう》のほうきでいこうよ。」と、同級生《どうきゅうせい》たちをさそいました。子どもたちはそれをきくや大よろこび。われさきに席《せき》をとりました。

「準備完了《じゅんびかんりょう》！」フランチモルの指令《しれい》で、魔法《まほう》のほうきは、またふわりと宙《ちゅう》にうくと、どんどん、どんどん高みへのぼっていきます。地上のものひとつのこらず、木も家も、家畜《かちく》たちまで小さくなって、ついに魔法《まほう》のほうきは、雲の中に消《き》えてしまいました。

また、風と追《お》いかけっこです。時速《じそく》三百キロ以上《いじょう》、まさにレースなみの速力《そくりょく》です。魔法《まほう》のほうきを運転《うんてん》しているエドダントは、それでも速度《そくど》をどんどん上げるのでした。むりもありません。嵐《あらし》がやってきそうな気配《けはい》に気づいたからでした。

エドダントは、何かおそろしいことでもおこりそうなほど空全体《そらぜんたい》に集《あつ》まってくる雨雲《あまぐも》を、心配《しんぱい》そうににらんでいます。それも長くではありませんでした。雲の中から青い稲光《いなびかり》が、ピカッと走ったと思うと、たちまち雷鳴《らいめい》がなりわたりました。嵐《あらし》をのがれようと、エドダントは、魔法《まほう》のほうきの高度《こうど》をさらに数百《すうひゃく》メートル上げました。子どもたちは、はるか下のほうで稲光《いなびかり》がゆきかい、嵐《あらし》がうなりをあげるようすをじっと見つめました。

雨雲《あまぐも》に切れ目ができると、エドダントは、どうもおちつかなかったわけがはっきりしました。方角《ほうがく》がわからなくなっていたのです。それだけでなく魔法《まほう》のほうきが故障《こしょう》していることもあきらかになりました。ですから、そうそうに不時着《ふじちゃく》しなければならなくなりました。

魔法《まほう》のほうきが、乗客《じょうきゃく》もろとも森の中の原《はら》っぱにおりた時は、もうあたりはまっくら、大空のかなたに星《ほし》がまたたいていました。その森は、底知《そこし》れずふかく、ひみつにみちみちていました。そこには、数知《かずし》れないどうもうな野獣《やじゅう》がひそんでいるのです。エドダントとフランチモルは、どうしたものかと相談《そうだん》して、けっきょくこの森の中にどうどうと、はいっていくことにしました。民家《みんか》にたどりつくまで歩こうというのです。子どもたちは疲《つか》れきっていましたし、ほとんどの者《もの》が、森がこわくてたまりませんでした。でも男の子たちは、エドダントとフランチモルの前では、じぶんのおくびょうさを見せまいとしました。

さて、こうして歩きに歩きつづけました。道ははてしなくつづき、闇《やみ》はますますふかく、しげみのおくからは、ぶきみな野獣《やじゅう》の遠《とお》ぼえがひびいてきます。おくびょうな子どもたちは、ついに泣《な》きだして「おかあさん！」と、さけびました。そこでエドダントは、しばらく休《きゅう》けいにし、フランチモルに「高い松《まつ》の木にのぼって、どこかにあかりは見えないか……あたりのようすを見わたしてくれ。」と、たのみました。

フランチモルは、二つ返事《へんじ》で引《ひ》き受《う》けると、すばやく木のてっぺんによじのぼりました。そして、しばらくするとさけびました。

「あかりが見えるぞ！」

「どこだ？」エドダントが期待《きたい》に息《いき》をはずませて、たずねました。「いま計算《けいさん》してるんだ。

グリニッジ緯度《いど》七一、北北東《ほくほくとう》二海里《かいり》。」「いいぞ！」エドダントがいいました。フランチモルが木からはいおりると、子どもたちは二列《れつ》になって、歌声《うたごえ》高く行進《こうしん》をはじめました。

「この世《よ》はなんてすてきだろう、ラ、ラ。」

まだ三十分もたたなかったでしょう。一行《いっこう》は、空《あ》き地《ち》に出ました。おやっ！　空《あ》き地《ち》には、まるで領主《りょうしゅ》の館《やかた》のようにひろい家がたっているのです。窓《まど》からは、あかるい光がもれだし、そうぞうしい歌《うた》がきこえてきます。それはこんな歌《うた》でした。

王さま領主《りょうしゅ》が　なんのその
わしらにかなう　ものはない
わしらは森の　猛獣《もうじゅう》だ
夜でも昼《ひる》でも　のし歩く

フランチモルが、窓《まど》べにしのびよってへやの中をのぞきこむと、おやまあ、そこでは、テーブルをかこんだひげぼうぼうの男たちが陣《じん》どり、ばかでかい盃《さかずき》――どうやら、洗《せん》たく用のタライのようでした——でお酒《さけ》をのみのみ、どら声をはりあげてうたっているのでした。

夕日がしずめば　月が出る
月のない夜は　星《ほし》あかり
わしらの影《かげ》を　見ただけで
ふるえあがらぬ　やつはない

こりゃ山賊《さんぞく》だ、フランチモルはすぐにぴんときました。古い山賊《さんぞく》の歌《うた》をみんなで合唱《がっしょう》しているのです。エドダントはこれをきくや、びっくりぎょうてん。「ひどい目にあうかもしれないぞ。退却《たいきゃく》したほうがよさそうだ。」と、考えました。

というわけで、フランチモルとエドダントが相談《そうだん》しているさいちゅうでした。山賊団《さんぞくだん》のひとりが、のぼせた頭《あたま》を夜のつめたい空気《くうき》でひやしてやろうと外へ出てきたからたまりません。さっそく家の前にいる子どもたちは、見つかってしまいました。

「みょうなものが見えるわい！　どうやら見知らぬ者《もの》どもが、わしらのすみかにやってきたものと見える。ふん。わしらを政府軍《せいふぐん》の手に売《う》りわたそうと、スパイにきたのではあるまいか。」

山賊《さんぞく》の親分《おやぶん》は、このことばをきくや、大声でののしりました。

「はっ、悪魔《あくま》め！　者《もの》ども武器《ぶき》をとれ！　われわれは包囲《ほうい》されたぞ！」

親分《おやぶん》のこの声を耳にするや、ただちに武器《ぶき》をつかむ山賊《さんぞく》たち。かと思えばなんとかうまくにげだそうとする山賊《さんぞく》たち。ただならぬ物音《ものおと》がまきおこり、さわぎのまったただ中から、親分《おやぶん》の命令《めいれい》がひびきました。

「右むけ右！——かまえ銃《つつ》！——左むけ左！——ウォー！」

このさわぎをしずめたのは、フランチモルでした。フランチモルは、前にあゆみでて、帽子《ぼうし》をとると、うやうやしく頭《あたま》をさげていいました。

「たぐいまれなる山賊紳士《さんぞくしんし》のみなさま！　われわれはみなさまの征伐《せいばつ》にきたのでもなければ、こらしめるためにやってきたのでもありません。われわれは敵《てき》なんぞではさらさらなく、まして政府《せいふ》のスパイでもありません。ただの小学生なのであります。遠足《えんそく》の帰《かえ》りに

道にまよい、一夜《や》の宿《やど》をもとめている者《もの》にすぎません。」

　このことばをきくと、山賊《さんぞく》の親分《おやぶん》は、ほっとしました。

「敵《てき》でも、政府《せいふ》のスパイでもないというのじゃな。きさまたちの今のことばにうそがなければ、まことにしあわせせんばん。だが、万が一、ことばにうそがあったならば、ただではすませぬ！　わしはこう見えても、世《よ》に知られた暴《あば》れ者《もの》、セロリーニ・フォン・パパドチアと申《もう》す親分《おやぶん》。このかいわいで、わしの名を知らぬ者《もの》がおれば、お目にかかりたい。わしほどおそろしい男はいないはずだ。」

　おそろしい山賊《さんぞく》の親分《おやぶん》は、じぶんの刀《かたな》を頭《あたま》の上でぐるぐるふりまわしてみせます。

　しかし、フランチモルはいいました。

「将軍《しょうぐん》さま、ぼくのことばにうそはありません。ただほんの、休息《きゅうそく》がほしかったのです。あしたはもう、算数《さんすう》と文法《ぶんぽう》、それに宗教《しゅうきょう》の授業《じゅぎょう》がございます。ぼくらは授業《じゅぎょう》をさぼろうなどとはつゆほども願《ねが》っておりません。」

　山賊《さんぞく》の親分《おやぶん》は、刀《かたな》をガシャリとさやにおさめていいました。

「あすは、算数《さんすう》、文法《ぶんぽう》、宗教《しゅうきょう》があるというのじゃな。さようであればわしもまんぞく。

そうとなれば、きさまたちとの一戦《いっせん》をあえて強行《きょうこう》することは、ないわい。」

　親分《おやぶん》は立ちあがって、「コケコッコーニ！」と大声でよびました。山賊《さんぞく》たちの列《れつ》から、小柄《こがら》なくせに口ひげばかりばかでかい武装《ぶそう》した男がすすみでました。司令官《しれいかん》の前に立つと、地面《じめん》にとどくかと見えるほど頭《あたま》をさげてたずねました。「どんなご用でございますか？」

親分《おやぶん》、セロリーニ・フォン・パパドチアはいいました。「命令《めいれい》じゃ。客《きゃく》たちに、夕めしと寝《ね》どこの用意《ようい》をいたせ。もし手ぬかりがあれば、おまえの背《せ》は、首《くび》のぶんだけみじかくなるから、そう思え。」

　コケコッコーニとよばれた男は、手を胸《むね》にあててこたえました。

「親分《おやぶん》の御意《ぎょい》のままであります。」

「さて、今はわしをひとりにしておいてくれ。わしは、わが名誉《めいよ》ある仕事《しごと》について、しずかに思いをはせたいのでな。」親分《おやぶん》はいいました。

　すると、全員《ぜんいん》、ぬきあしさしあし、そっと広間《ひろま》を引《ひ》きあげ、となりべやへ移《うつ》りました。

　コケコッコーニは、小学校の生徒《せいと》たちに、とびきりおいしい夕食《ゆうしょく》をたべさせようと、ヒツジを一頭《とう》しめて、丸焼《まるや》きにしました。子どもたちは楽《たの》しい食事《しょくじ》がおわると、油《あぶら》だらけの口をぬぐい、洋服《ようふく》をぬいで、ベッドにはいりました。
こうして山賊《さんぞく》のすみかは、しずまりかえりました。

7 妖精《ようせい》の女王さまとあらそう

翌日《よくじつ》、小学生たちがまだねむっている朝早くから、「山賊会館《さんぞくかいかん》」とよばれているその建《たて》物《もの》の門前《もんぜん》は、あわただしい活気《かっき》があふれていました。山賊《さんぞく》たちは武器《ぶき》をみがき、馬にまたがりました。そうです。山賊団《さんぞくだん》は、遠征《えんせい》の準備《じゅんび》をしているのでした。

セロリーニ・フォン・パパドチア親分《おやぶん》のようすからも、それとわかりました。親分《おやぶん》は、おつきのコケコッコーニに、エドダントとフランチモルをつれてこい、と命《めい》じました。命《めい》令《れい》どおり、きょうだいふたりがやってくると、

「わしは今夜《こんや》、ビール町の商人《しょうにん》たちが、アミモノ村の市場《いちば》に出かけるというニュースをつかんだ。わが連絡網《れんらくもう》の情報《じょうほう》によれば、やつらは、オリノコ河《がわ》をさかのぼり、ポンタ・デ

ル・ガダ山脈《さんみゃく》をこえ、キンジバルト城付近《じょうふきん》を通過《つうか》する。わしは全力《ぜんりょく》で痛撃《つうげき》をあたえ、粉砕《ふんさい》し、だんことして腰《こし》のキンチャクをちょうだいする決意《けつい》をかためた。これがわしのほこり高き意志《いし》というものじゃ。」といいました。

エドダントはうなずいて、「それはおもしろそうですね。」と、いいました。フランチモルも親分《おやぶん》をおだてて、「もうひさしくこんな景気《けいき》のいい話はきいたことがありません。」と、いいました。

山賊《さんぞく》の親分《おやぶん》はすっかり気をよくしてつづけました。

「わしの不在中《ふざいちゅう》、このやしきと家事《かじ》いっさいをおまえたちにまかせることにする、おまえたちの仕事《しごと》は、わしの忠実《ちゅうじつ》な家来《けらい》コケコッコーニが手助《てだす》けする。コケコッコーニは、おまえたちの命令《めいれい》には、なんであれ服従《ふくじゅう》しなければならぬことになっている。何かにつけおまえたちの役《やく》に立つはずだ。わしが帰《かえ》ったときに、何もかも万事万端《ばんじばんたん》ととのっていてほしいのじゃ。でないといいかな、おまえたちはひどい目にあうのだぞ！　ようしゃないおしおきを受《う》けるんだ！」

名高いセロリーニは歯《は》をギリリと鳴《な》らし、目玉を光らせました。

それでもふたりのきょうだいは、胸《むね》に手をあてていいました。

「ああ、かがやかしき親分殿《おやぶんどの》、とうといあなたさまのご意向《いこう》、かならずや、おしたがいいたします。あなたさまにおつくしすべく、できうるかぎりがんばります。」

「よくぞいった！」山賊《さんぞく》の親分《おやぶん》は、そうなると、ふたりのきょうだいを、ぶじに帰《かえ》しました。

そのすぐあとで、山賊《さんぞく》たちは馬にまたがりました。全団員《ぜんだんいん》が門前《もんぜん》に集合《しゅうごう》しますと、セロリーニ・フォン・パパドチア親分《おやぶん》は、兵卒《へいそつ》たちをほこらしげに見わたし、刀《かたな》を引《ひ》きぬき、声をはりあげて命《めい》じました。「前へはい、はじめ！　地獄《じごく》か勝利《しょうり》を！」

「地獄《じごく》か勝利《しょうり》を！」と、山賊一同《さんぞくいちどう》くりかえして、拍車《はくしゃ》をかけると、たちまち見えなくなってしまいました。

山賊団《さんぞくだん》の家「山賊会館《さんぞくかいかん》」には、エドダントとフランチモル、それに小学生たちだけがのこされました。山賊《さんぞく》のコケコッコーニ氏《し》はともかく家をきれいにお掃除《そうじ》するのがよかろう、と考えました。これ以上掃除《いじょうそうじ》をしなかったら、手をつけられなくなるところまできていたからです。小学生たちはこの思いつきをほめて、さっそく熱心《ねっしん》にお掃除《そうじ》をはじめました。

女の子たちは、食器《しょっき》あらいと、クモの巣《す》ばらい。男の子たちは、床《ゆか》をキュッキュッとこすったり、水運《みずはこ》びなどをしました。夕ぐれちかく、家はまるで、たった今できあがったばかりかと思われるほど、きれいになりました。だれひとり、これを山賊《さんぞく》のすみかなどという人は、いなかったことでしょう。

「森へ出かけて、きれいな空気《くうき》でもすったら、さぞいい気分だろうな。」夕やみがせまってくると、フランチモルがいいました。「そりゃ名案《めいあん》だ。」エドダントも賛成《さんせい》して、小学生たちをよび集《あつ》めました。男の子と女の子は二列《れつ》にならぶと、森にむかって出発《しゅっぱつ》しました。外にはもう美《うつく》しい夕やみがたちこめていましたが、子どもたちは、こわがるどころか楽《たの》しくおしゃべりしあったり、とんだりはねたり、うたったりしました。

先へ先へと歩いていくと、ふいに美《うつく》しい音楽《おんがく》がきこえてきました。いったいどこから、きこえてくるのでしょう。森がきれて、みんなは、ひろびろとした空《あ》き地《ち》に出ました。空《あ》き地《ち》の上には、大きな月がかかっています。その光の中に森の精《せい》と水の精《せい》たちの姿《すがた》がうきあがりました。みな、手をとりあっておどっているのでした。そのおどりのみごとな美《うつく》しさ！　まるでバレリーナさながらです。はじめ子どもたちは、てっきり劇場《げきじょう》のバレリーナたちが、ここでおどっているのだと思ったほどでした。ほど遠《とお》からぬところに池があり、その堤《つつみ》にどうやらみどりの老人《ろうじん》がすわって、サクソフォンで、妖精《ようせい》たちのために、おどりの伴奏《ばんそう》をしているのでした。

みな、この美《うつく》しい見ものに、しばらくは、われを忘《わす》れてうっとりしていました。でも男の子たちのことです。そのうちにあきてきました。そこで、妖精《ようせい》たちをからかったり、ふざけたことばをいってみたり、舌《した》をぺろりと出してみたり、男の子ならではのやりかたで、森の精《せい》たちのおどりのじゃまをはじめたのです。

妖精《ようせい》たちは、それに気づくと、じぶんたちの女王さまに、いいつけはじめました。

「あの子たち、うるさいんです。」

「男の子たちが、わたしたちにアカンベーをするんで

す。」

「わたしたちのじゃまをさせないでください！」

妖精《ようせい》たちは、ひとりずつ、だんだんおどるのをやめてしまいました。

「やーめた。もうわたし、おどらないから！」それからツンとおこって、すみのほうへいってしまいました。

すっかり腹《はら》を立てた妖精《ようせい》の女王さまは、エドダントとフランチモルにちかづくと、ふたりにむかって、まゆをつりあげていいました。

「さあ、このならず者《もの》たちをあっちへつれてっておくれ！　わたくしたちのじゃまはしないでおくれ！　今わたくしたちは、音楽体操《おんがくたいそう》の時間なのですよ。だれからもじゃまされたくありませんね。」

フランチモルは、もったいぶってこたえました。

「おくさま、それはちょっと、おかどちがい。ここにいるのは、ならず者《もの》なんかじゃありません。ちゃんとした小学生です。」

「わたくしにはだれだって同《おな》じこと。」妖精《ようせい》の女王さまはキンキンいいました。「さ、わたくしたちのじゃまはしないでおくれ！　でないとただではおきませんからね。ほうきで、この風来坊《ふうらいぼう》たちを手あたりしだい、たたきつぶしてやりますよ。」

「それはごめんこうむります。うちの子どもは、ぼくらでしまつさせてもらいましょう。」エドダントは、かっとしてさけびました。

「ずいぶんしつけのいいお子さんたちですわね。この親《おや》にしてこの子ありとはこのことですよ。恥知《はじし》らずもいいところだわ！」女王はけいべつをこめていいました。

「なんということをいうんです。失敬《しっけい》せんばんな人だ。」

「なんですって？」女王は金《かな》きり声《ごえ》でいいました。「わたくしはこれでも、おまえさんたちの世界《せかい》の人なんぞではないのですよ！　いいですか、わたくしは、ピョピョーン族《ぞく》の出身《しゅっしん》、おわかり？　わたくしの父上《ちちうえ》は、小人王国軍《こびとおうこくぐん》の大佐《たいさ》だったんですよ。笑止《しょうし》せんばんな！」

「まったく笑止《しょうし》せんばんな！」ほかの妖精《ようせい》たちも、そろっていいました。

「さ、みんな、こんな教養《きょうよう》のない人たちとのおしゃべりはやめにして、家にもどりましょう！」

　パンパンと女王が手をたたくと、そのあいずで森の精《せい》たちは、たちまち姿《すがた》を消《け》してしまいました。

　サクソフォンを吹《ふ》いていたみどりのおじいさんは、このできごとをじっと見つめていましたが、おしりをぴたぴたたたいて、いいました。

「やれやれ、とんだもうけ仕《し》事《ごと》をさせてもらったよ。」

「どんなもうけ仕事《しごと》なの、みどりのおじいさん？」エドダントがたずねました。

「いやいや、もうけがなくなったということさ。死《し》ぬまでこの調子《ちょうし》で、何もかもうからんってことさ。」そういって今、森の精《せい》たちの消《き》えていったほうを指《ゆび》さすのでした。「つまり、あの森の女王さんがね、とんだりはねたりするとき、伴奏《ばんそう》をしておくれって、注文《ちゅうもん》なさったわけだ。ところが支払《しはら》いの段《だん》となりゃ、いつもこの調子《ちょうし》でドロンさ。ひどいもんだ！まったくわりのあわん商売《しょうばい》だ！」

「ところで、あなたはいったい、どなたですか？」フランチモルがたずねました。

「わしかね。この近所《きんじょ》のカッパだよ。ちかごろは水先案内《みずさきあんない》なんて商売《しょうばい》はうだつがあがらんからね。音楽《おんがく》で内職《ないしょく》しているのさ。それが今ごらんのようなしまつで、いつもそんばかりだ。きょうも、ただ働《ばたら》きさ。こんどきてみろ、その時は！」

みどりのおじいさんは、おこって、つばをはきすてました。

しばらくあたりは、しんとしました。が、おじいさんはふと、りっぱな紳士《しんし》たちと話しているのに、まだ自己紹介《じこしょうかい》もしていなかったことに気がついて、おじぎをしていいました。

「わしは、フゴ・カパスキーちゅうもんです。」

きょうだいふたりもおじぎをしました。エドダントは何か考えこんでいましたが、

「カパスキー、カパスキー……うん、どこかできいたことがあるような名まえだな……」

「もしやカッパ村にご親類《しんるい》でもありませんか？」フランチモルがたずねました。あそこにいるミズドーリなんとか……さんて人を、知っているんですよ。」

「そう、鼻《はな》めがねをかけた、あまり大きくない……」エドダントがつけくわえました。

「知らないかって！　カッパ村のミズドーリ氏《し》をわしが知らないかだって！　オスカル・ミズドーリ氏《し》。あれはわしのおじだよ。わしのいとこの母親《ははおや》が、あれの義姉《ぎし》にあたるんだ。まれにみるいい人でね。長いことあの地方のイスラエル教区《きょうく》の区長《くちょう》をしていたが、そんなことするひつようもないとかいって、やめてしまったよ。ところで今、ミズドーリおじさんは、どうしてるかね？」

「それはもう、あいかわらずですよ。」エドダントがいいました。

「そうでなきゃ、こまるしね。」カッパはうなずきました。

「ところで、みんな、どうだろう。せっかくこうして一同《いちどう》ここに集《あつ》まったんだから、ひとつ池の底《そこ》の、わしのすまいを訪問《ほうもん》していただくわけにはいかんかね？　つぼに入れた人間《にんげん》のたましいを、お見せしたいと思ってな、だいぶもうたまったし……」

きょうだいは、ていちょうにことわりました。

みどりのおじいさんは、頭《あたま》をかいていましたが、そばでかたまって話をきいている小学生たちを、ちらりと横目《よこめ》でながめました。

しばらく、カッパのおじいさんは、せきばらいをしていましたが、どうやら何かたのみごとがあって、それをうまくいいだせないようすでした。

けれども、とうとう話しだしました。

「みなさん、どうだろうな。男の子でも、女の子でもいいんだが、たったひとりだけ、水の中へ引《ひ》きこんじゃいかんかねえ？　たましいの数《かず》をふやしたいんだよ……」

「じょうだんじゃない！」エドダントが、さけびました。

「ほら、あそこのチビの子なんか、だめかねえ？」カッパは、せがむようにいいました。

「見たところ、ひとりへってもたいしてちがいはないし、それにあの子は、あんなやせっぽちで弱虫《よわむし》らしいしね。あの子なしでも学校の勉強《べんきょう》はできるんだし、おまえさんがたにも、めいわくがかかるわけじゃあるまい。ところが、わしのほうは、それで一つたましいがふえるってわけだからなあ。」

そして前へ出ると、その男の子の足をつかんで、水の底《そこ》へ引《ひ》きずりこもうとしましたが……。

エドダントは、さっとその前に立ちふさがりました。

「そんなことすると、この池の水を、ぜんぶのみほして、日ぼしにしてやるからね！」

エドダントはおどしました。

これには、カッパもおどろきました。気がぬけたように悲嘆《ひたん》にくれ、そのままドブン！

頭《あたま》から水の中にとびこむと、もうそのまま影《かげ》も形《かたち》も見えなくなってしまいました。

8 フットボールの大勝利《だいしょうり》とカパスキー氏《し》

つぎの日でした。セロリーニ・フォン・パパドチア将軍《しょうぐん》は、山賊《さんぞく》の一団《いちだん》を引《ひ》きつれて、遠征《えんせい》から帰《かえ》ってきました。山賊《さんぞく》たちは、みな顔《かお》をかがやかせていました。遠征《えんせい》でしこたま戦利品《せんりひん》をかついできたからです。その分捕《ぶんど》り品《ひん》は、なかなかどうして、ゆたかなものでした。おびただしい金、宝石類《ほうせきるい》はもちろん、毛皮《けがわ》もあるし、さらに、さまざまな東方《とうほう》の品々《しなじな》、たとえば、コショウ、そのほか新鮮《しんせん》な香辛料《こうしんりょう》、ウイキョウ、サフラン、イチジク、ヤシの実《み》、パイナップル、それからいろいろなあまいお酒《さけ》。山賊《さんぞく》たちは、何もかもとってしまったのです。むち、こま、空中《くうちゅう》こま、チョコレート、ステッカー、外国切手《がいこくきって》のコレクション。それにしても、あざやかに掠奪《りゃくだつ》してきたものです。石《せっ》けんから氷砂糖《こおりざとう》、ショウガ入り菓子《がし》、ボンボン、絵《え》はがき、トランプ、いろいろな本までとってきました。山賊《さんぞく》たちは、商人《しょうにん》たちの革《かわ》の外《がい》とうも、その下のオーバーもぬがせてしまいました。シャツもくつもぬがせて持《も》ってきてしまいました。それでも帽子《ぼうし》だけは頭《あたま》の上にのこしてきました。町なかをまるはだかで歩いて、恥《はじ》をかいたりしないでもいいように。

山賊《さんぞく》たちが、大成功《だいせいこう》の遠征《えんせい》にうちょうてんだったとしてもふしぎありません。一同《いちどう》、大《だい》勝利《しょうり》を祝《いわ》って三日三晩《みっかみばん》、のんだりたべたり大さわぎです。

四日目、セロリーニ・フォン・パパドチア親分《おやぶん》は、エドダントとフランチモルをよびだしました。ふたりが参上《さんじょう》すると、親分《おやぶん》はこんな話をはじめました。

「わが忠実《ちゅうじつ》なる諸君《しょくん》、わしらの大試合《おおじあい》『バビンスキー記念競技会《きねんきょうぎかい》』の日もまぢかにせまってきた。毎年《まいねん》わしらは、アイカーギ・コロシスキー隊長《たいちょう》がひきいるチームと、この地方の第一人者《だいいちにんしゃ》を競《きそ》ってフットボールの試合《しあい》をやってきた。ことしの試合《しあい》は不利《ふり》な場所《ばしょ》、つまり相手《あいて》チームの地元《じもと》、ハインリッヒ村の競技場《きょうぎじょう》でおこなわれることになっておる。正直《しょうじき》のところ、ことしの試合《しあい》については、わしもおちおちしてはおられぬ。わがチームは、目下《もっか》ふたりの優秀《ゆうしゅう》な選手《せんしゅ》が試合《しあい》に出られず、ハンディキャップをつけられている。つまり、弱《よわ》くなったということだ。このふたり、フルキーズ・イターム、かんたんにフルとよんでいるが、やつはたいへん有能《ゆうのう》なセンター・フォワードなのだが、たまたまひざの古傷《ふるきず》が、またぶりかえし、血《ち》が出はじめた。その上ゴール・キーパーのノロマ・ケンカスキーは各種《かくしゅ》国際試合《こくさいじあい》で名をはせた名選手《めいせんしゅ》だが、折悪《おりあ》しく今はせっとう罪《ざい》で、牢屋《ろうや》につながれている身《み》だ。えいっ、かといってわがチームが大敗《おおま》けに敗《ま》けるのは、見るにしのびない！」

親分《おやぶん》は、まっかになってふんがいしました。

エドダントとフランチモルは、「わが山賊《さんぞく》チームは、いまコンディション上々ですから、そんなことにはならないでしょう。」といって、親分《おやぶん》をなぐさめました。

山賊《さんぞく》の親分《おやぶん》は、すこしおちつきをとりもどして、ふたりに、試合《しあい》に出る気はないかとたずねました。きょうだいは、目と目で話をつけると、いいました。

「はい。セロリーニ・フォン・パパドチア将軍《しょうぐん》の旗《はた》のもと、ぜひ山賊《さんぞく》チームの選手《せんしゅ》として、この名誉《めいよ》ある試合《しあい》に出場《しゅつじょう》させていただきたいと思います。」

セロリーニ将軍《しょうぐん》は大よろこび。ふたりがさっそくきびしい練習《れんしゅう》を受《う》けるように手配《てはい》しました。クラブのトレーナーのもとで、走ったり、はねたり、泳《およ》いだり、ついにはボクシングのけいこまでさせられました。エドダントは、ボクシングが、ことさら苦手《にがて》でした。ずばぬけたでぶでしたからね。エドダントは、そんなものじぶんには役立《やくだ》たないとなげいたけれども、体重《たいじゅう》をへらすためだといわれ、いやというほど体操《たいそう》をさせられました。おまけに、ごはんまでへらされてしまったのです。そこへいくと、フランチモルは、そんなこと朝めしまえでした。羽根《はね》のようにかるく、風のようにすばやいのでした。

こうして日に日に大試合《おおじあい》の日はちかづきました。このかいわいのファンたちは、その日を指《ゆび》おりかぞえて待《ま》っていました。四方八方《しほうはっぽう》から、人びとのむれがスタジアムのあるハインリッヒ村めがけておしよせました。その上この試合《しあい》には、小人《こびと》の王さまシタタラーズ・カミダノーミおんみずから、おでましになるというのです。切符《きっぷ》という切符《きっぷ》は、一枚《まい》のこらず売《う》りきれました。

小人《こびと》の王さまシタタラーズ・カミダノーミが、中央《ちゅうおう》の席《せき》におつきになるころには、もう競技場《きょうぎじょう》は、おすなおすなの大入《おおい》り満員《まんいん》。王さまは将軍《しょうぐん》たち、大臣《だいじん》たち、おきさきさま、宮廷《きゅうてい》の貴婦人《きふじん》たちの、きらびやかな行列《ぎょうれつ》をしたがえてやってきたのです。

水先案内人《みずさきあんないにん》フゴ・カパスキー氏《し》が、この日の名誉《めいよ》ある試合《しあい》を見のがすはずがありません。

じぶんの池も何もかもみなほうりっぱなし、ひたすらハインリッヒ村へとむかったのでした。二等席《とうせき》の切符《きっぷ》を買《か》うと、コロシスキー将軍《しょうぐん》のチームのゴールちかくの席《せき》につきました。こちらのゴールのほうにたくさん点《てん》がはいってもらいたかったからでした。

いよいよ山賊《さんぞく》チームの入場《にゅうじょう》です。そして、ライト・フォワードにエドダントが、ゴールにフランチモルがつくのを見るや、コロシスキー・チーム側《がわ》のファンは、みないっせいに、ふきだしました。みんなは、エドダントのでぶでのろまな姿《すがた》を見て笑《わら》ったのでした。そして、どうしてこんな選手《せんしゅ》を使《つか》うことにしたのか、見当《けんとう》もつかなかったのです。やせっぽちのフランチモルも、また笑《わら》いの種《たね》でした。コロシスキー・チーム側《がわ》は、みなすっかりいい気分になってしまいました。このチームのファンたちは、このぶんでいくと、敵《てき》を大きく引《ひ》きはなしてやっつけることができるだろう、だから優勝《ゆうしょう》カップはじぶんたちの手にはいるにちがいない、と、思いこんだからでした。

カッパのおじいさん、フゴ・カパスキーは、コロシスキー・チームのファンのまんまん中におさまっていましたから、いやでもみんなが、エドダントとフランチモルにあびせる野次《やじ》が耳にはいってきます。おじいさんは、だからもう、かんかんに腹《はら》を立ててしまいました。とうとう見知らぬ人と、ひどいけんかをはじめました。売《う》りことばに、買《か》いことば。相手《あいて》のひとことには、かならずこちらもひとことやりかえしました。すんでのところで、カッパと人間《にんげん》のなぐりあいになるところでした。おまわりさんが間《あいだ》にはいって、「ここからつまみだしてしまうぞ。」と、カッパのおじいさんをおどしました。

「そいつはおかしいですな。」おじいさんは、おまわりさんにくってかかりました。「わたしゃ入場料《にゅうじょうりょう》も払《はら》ったし、だれのじゃまもしてやいませんや。それをとりたててわしにだけ、なんてことをするんですかい？」

「文句《もんく》なんぞききたくない。口ごたえいっさいがまんならん。」と、おまわりさんがいいました。

「わしが文句《もんく》をいったと？　文句《もんく》ひとことといってませんや。わしはだまって、こっちのチームのことを思ってるだけでさ。それなのに……」おじいさんは、まわりに立ちはだかっている人たちを指《ゆび》さしました。「あいつらを見てやってくださいよ。さ、どうですね。これ以上《いじょう》わしにつべこべいわんでください。わしはこれでもきちんと登録《とうろく》ずみのカッパさまなんだ。税金《ぜいきん》だってちゃんとおさめてる。」

おまわりさんが、今にもこの口《くち》ぎたないことばを口実《こうじつ》に、カッパのおじいさんをつかまえようとした時、国歌《こっか》があたりに鳴《な》りひびきました。主催者《しゅさいしゃ》たちが、小人《こびと》の王さまに歓迎《かんげい》の意《い》を表《ひょう》したのでした。おまわりさんは、直立不動《ちょくりつふどう》の姿勢《しせい》をとると、手をヘルメットにかけました。

それがおわると、審判《しんぱん》が試合開始《しあいかいし》のあいずをしました。同級生《どうきゅうせい》エドダントとフランチモルを応援《おうえん》にやってきた小学生たちが歓《かん》声《せい》をあげながらかけだし、試合《しあい》をよく見ようと第《だい》一列《れつ》目に陣《じん》どりました。

たしかにはじめのうち、エドダントの起《き》用《よう》は、山賊《さんぞく》チームの戦術《せんじゅつ》の大失敗《だいしっぱい》だったかのように見えました。この選手ときたら、何をするのにもまにあわず、息はハアハア、みんなのうしろをのろのろしているだけで、ボールにさわることもできないのです。どうやら大根選手《だいこんせんしゅ》といわれてもしかたなさそうに見えました。

いっぽうフランチモルは、その面目《めんもく》をおおいにほどこしました。いつも、フランチモルのゴールは攻《せ》めこまれっぱなし。雨あられのごとく、ボールがゴールめがけてたたきつけられました。けれどもフランチモルが死《し》にものぐるいで、じぶんのゴールを守《まも》ったということを、その名誉《めいよ》にかけても、みなさんにいっておかねばなりません。フランチモルは、ゴムでできたヘビのように動《うご》きまわりました。からだをのばしたかと思うと、たちまち毛糸の玉のようにまるくちぢめました。コロシスキー・チーム側《がわ》は、すきなようにゴールにむかってボールをけとばすことはできました。しかしそれはただのいちどもネットをゆらしません。山賊《さんぞく》チームは、攻《こう》げきを阻止《そし》しようとして、いくどもファウルをおかし、審判《しんぱん》はつづけざまに笛《ふえ》を鳴《な》らしました。しかしフランチモルは、たびかさなるペナルティー・キックにも得点《とくてん》を許《ゆる》しませんでした。フランチモルは、その長く細《ほそ》い胴体《どうたい》をゴール・ネットの間《あいだ》に毛糸のようにあみこんでしまうのでした。もちろん相手《あいて》の選手《せんしゅ》は、これに文句《もんく》を

つけました。でもどうしようもありません。こんなことは、ルールにひとことも書いていないし、ゴール・キーパーは、じぶんのからだをすきなように使《つか》うことができるからです。最初《さいしょ》の十五分がすぎると、山賊《さんぞく》チームは、敵《てき》のかこいをやぶって、ついに攻撃《こうげき》に移《うつ》りました。十七分にたまたまエドダントの足もとにボールがおちました。相手《あいて》のゴールは、はるか遠《とお》くでしたが、エドダントはすさまじい力でネットにけりこみました。ゴール・キーパーは大あわて。ボールにさわろうとさえしませんでした。山賊《さんぞく》チーム側《がわ》はこの得点《とくてん》にわきかえりました。なかでもよろこんだのはカパスキー。頭《あたま》から帽子《ぼうし》をとると、声をかぎりにさけびました。

「ゴール！」

まだ観衆《かんしゅう》がわれに返《かえ》るひまもないうち、エドダントは二ど目のゴール。これは、とうていむりな位置《いち》からはいったもので、その日のいちばんみごとなゴールでした。さてこうなってくると、コロシスキー・チームはあわてだし、そのリズムをうしなってしまいました。三十七分に第《だい》三のゴール、前半《ぜんはん》の終了直前《しゅうりょうちょくぜん》に、第《だい》四のゴールを記録《きろく》しました。みどりのおじいさん、フゴ・カパスキーは、後半《こうはん》の見物《けんぶつ》は、すっかりやめてしまいました。エドダ

ントが入れたこのすばらしい四点《てん》に大よろこび。さっさと山賊《さんぞく》クラブの酒屋《さかや》に引《ひ》きあげ、そこでこのたのもしいふたりのきょうだいエドダントとフランチモルの健康《けんこう》を祝《しゅく》して、ひとり乾杯《かんぱい》しました。だからエドダントが、コロシスキー・チームのゴールに、さらにボールをけりこんで八得点《とくてん》を入れたところも見ませんでしたし、フランチモルが副《ふく》審《しん》にいいわたされた敵《てき》のペナルティー・キックを、こんどもみごとにはねのけたことさえ、夢《ゆめ》

にも知りませんでした。みどりのおじいさんが、酒屋《さかや》をよたよたと出て、森の小みちを水の中のじぶんのうちにむかったのは、もう試合《しあい》もおわってかなりたったころでした。月が小みちを照《て》らしていました。みどりのおじいさんは、ステッキをびゅんびゅんふりまわしながら、うなるようにうたうのでした。

お月さま　照《て》っとくれ
コロシスキー・チームはやられたよ
きょうは木曜《もくよう》　あしたは金曜《きんよう》
コテンパンにやられたよ
ところでみなさん　おしずかにー
ボールを追《お》うのはエドダント
ゴールへむかってまっしぐら
とびきりするどいシュートだよ
ふたりのみごとな試合《しあい》ぶり

みんなに見せてやりたいよ
わしの大事《だいじ》なふたりの子……

こううたいながら、池までたどりつくと、そのまま水の中へもぐってしまいました。魚《さかな》も、そのほかいろいろな水にすむ生きものたちも、カパスキー氏《し》がちどり足で、じぶんのすみかに姿《すがた》を消《け》すのをながめていました。年《とし》とったエビガニがいいました。
「親方《おやかた》はまた、どこかで一ぱいひっかけてきたらしいぞ。」それから、はさみをカパスキーのうちのほうにふりあげて、いいました。「こんなことじゃ、ゆくすえが思いやられるわい。」

9 カッパ帝国《ていこく》、カパスキー氏《し》のおもてなし

山賊《さんぞく》チームが、アイカーギ・コロシスキー・チームをやぶってからというもの、エドダントとフランチモルは、みんなから英雄《えいゆう》のようにうやまわれることになりました。ふたりには親分《おやぶん》セロリーニさえ頭《あたま》をさげんばかりでした。山賊《さんぞく》という山賊《さんぞく》が、ぞろぞろときょうだいたちを見物《けんぶつ》にやってくるし、そのかいわい、どこへいっても、ふたりのかがやける選《せん》手《しゅ》たちのうわさで、もちきりでした。

小人族《こびとぞく》の王さまシタタラーズ・カミダノーミおんみずから、ふたりをお招《まね》きになったことも、きょうだいの名誉《めいよ》をますます高めることとなりました。王さまはふたりに心のこもったおことばをかけられ、その名まえ、生まれた国をおたずねになり、なごやかなうちに、

その会見《かいけん》をおわりました。その後小人族《ごこびとぞく》王《おう》のおつきの者《もの》が、きょうだいの胸《むね》に「ベニテングダケおよびコガネムシ勲章《くんしょう》」をつけてくれました。これは、たいそう位《くらい》の高い勲章《くんしょう》で、ふたりは貴族《きぞく》の身分《みぶん》になったことになるのです。どの小人《こびと》たちも、ふたりから助《たす》けをもとめられたなら、何をすてても助《たす》けにかけつけなければならないのでした。

しかし、この勝利《しょうり》をいちばんよろこんだのは、なんといってもカッパのおじいさん、カパスキーさんでした。その翌日《よくじつ》、さっそくふたりに会いにやってきて、「どうぞわしのうちへ、おでましくだされ。ささやかなもてなしをお受《う》けくだされ。」と、とっておきの文句《もんく》でたのむのでした。

「もちろん小学生のみなさんにも、ぜひいっしょにきていただかなければ、」と、みどりのおじいさんは、つけくわえました。「きっとよい勉強《べんきょう》になりますよ。わしの池の底《そこ》には、一生《いっしょう》にいちども見られないようなものが、たくさんあるし。地理《ちり》の成績《せいせき》、クラス一になること受《う》けあいでさ。」

エドダントとフランチモルは相談《そうだん》して、池見物《いけけんぶつ》は、小学生にきっと役立《やくだ》つだろう、という意見《いけん》がまとまりました。しかし人間《にんげん》はごぞんじのように、水の中では息《いき》ができません。そこで、おくの手を使《つか》いました。小学生たちが、水の中でもおぼれないよう、それから水中でも、地上にいる時と同《おな》じ調子《ちょうし》で動《うご》けるような魔術《まじゅつ》をかけたのです。

ひみつの呪文《じゅもん》をとなえると、これで安心《あんしん》。子どもたちに、「二列《れつ》にならんでついてくるんだよ、これから池へいくんだ。」と、命《めい》じました。先頭《せんとう》はカパスキー氏《し》。そのあとにエドダントとフランチモルにつれられた小学生たちがつづきます。子どもたちは大よろこびで、おしゃべりしながら、水底王国《すいていおうこく》の冒険《ぼうけん》に胸《むね》をふくらませるのでした。

みんなは、らせん状《じょう》の階段《かいだん》を、水の底《そこ》へ底《そこ》へとおりていきました。子どもたちがかぞえ

小さいながら我家《わがや》なり

てみると階段《かいだん》は、池の底《そこ》までで、三百六十五段《だん》ありました。そのあとは、まっ白い砂《すな》のまかれたきれいな小みちを歩いていくことができました。小みちの両側《りょうがわ》には、こんもりしげった木がならんでいました。その木には、あでやかな色をした見たこともないような花々がさきほこっていました。

子どもたちは、歌《うた》をうたいながら、陽気《ようき》に先へ先へとすすみました。「この世《よ》は、なんてすばらしい、ラ、ラ――」

魚《さかな》も、そのほかの水にすむ生きものたちも、みな道ばたに立ちどまって、この歌《うた》をあきれてきいていました。人間《にんげん》の顔《かお》を見るなんて。それはめったにない、見ものでした。

「なんておかしなやつらだろう！　うろこもないし、えらもない。それにやかましいったらありゃしない。わしは、きっと頭《あたま》がへんになったにちがいない。」魚《さかな》たちはみな、こう思っていました。

みんなは、とうとうカパスキー氏《し》のうちに到着《とうちゃく》しました。字の読める人なら、玄関《げんかん》に飾《かざ》られたこんな文字《もじ》に目をとめることでしょう。

「小さいながら我家《わがや》なり」

カッパのおじいさんのすまいは、ツタに似《に》た植物《しょくぶつ》ですっかりおおわれていて、それが目に心地《ここち》よく映《うつ》りました。

玄関《げんかん》わきで、毛むくじゃらの犬が、うれしそうにほえたてて歓迎《かんげい》してくれました。この犬は、からだじゅうに長い、みどり色の毛がふさふさはえているのでした。その目は、あかるい水色でした。ちかよってよく見れば、その指《ゆび》と指《ゆび》の間《あいだ》に水かきがついているのに気づくでしょう。犬は、よろこんでうしろ足で立ちあがると、ダンスをおどりました。

この一行《いっこう》の訪問《ほうもん》がうれしくてうれしくて、たまらなかったのです。水の底《そこ》ですっかり退《たい》くつしきっていましたから。

「ムク、おすわり！」カパスキー氏《し》は犬にきびしくいいつけました。犬はひっくりかえってキャンキャンあまえてほえたてると、ご主人《しゅじん》の胸《むね》に大よろこびでとびついて、その鼻《はな》を友情《ゆうじょう》こめてなめまわすのでした。

「よしよし、さ、おとなしくおし、じいさん犬や。いたずらはおよし……。おまえはいい子だよ。それに見張《みは》り番《ばん》だってりっぱにやれるしな。」

おじいさんは、毛むくじゃらの犬をほめてやりました。

カパスキーさんは、エドダントとフランチモルといっしょに家の中へはいってしまいました。けれども子どもたちは、キャッキャッとはしゃいで、庭《にわ》をとびまわるのでした。そのみんなといっしょになって、犬のムクも追《お》いかけっこです。ムクは、いちどにこんなたくさんの子どもたちがいっしょなのが、うれしくてなりません。

カッパのおじいさんの庭《にわ》は、なかなかひろびろしていて、手入れもよくゆきとどいていました。青々としたみどりの草地が、子どもたちに、とんだりはねたりしませんか、遊《あそ》びにきませんか、と手まねきしています。垣根《かきね》にそって、さまざまな花や灌木《かんぼく》の花壇《かだん》もできていました。子どもたちは、こんもりしげった木《こ》かげに腰《こし》をおろすと、あたりをめずらしそうにながめました。いくらながめても、めずらしいものは、つきそうにありません。

みんなの頭《あたま》の上を大小さまざまな魚《さかな》たちが泳《およ》ぎまわっています。日の光をあびて、背中《せなか》が金色、銀色《ぎんいろ》にキラキラ光ります。わたしたち人間《にんげん》は、魚《さかな》は声を出さないと思いこんでいるようですが、子どもたちは、そうでないことを発見《はっけん》しました。あちこちから魚《さかな》たちのチュンチュンというさえずりがきこえてきます。なかには木の枝《えだ》にとまって、声をかぎりにうたっている魚《さかな》もいます。ほど遠《とお》くないところには、大きな黒いエビガニがいて、木の根《ね》

の下にせっせと穴《あな》をほり、ひげのおくで何やらぶつぶつぐちをこぼしていました。子どもたちの頭《あたま》のまわりでは、ゲンゴロウや水にすむ昆虫《こんちゅう》たちがブンブン羽音《はおと》を立てていました。

犬のムクは、ひっきりなしに魚《さかな》を追《お》いまわし、そのしっぽをなんとかしてつかまえようと一生《いっしょう》けんめいでした。魚《さかな》たちは、大はしゃぎの犬からのがれようと、おくびょうな悲鳴《ひめい》をあげるのです。それをきいて、子どもたちはすっかり陽気《ようき》になってしまいました。

こうしている間《あいだ》、カパスキーじいさんは、お客《きゃく》たちふたりをじぶんのへやに案内《あんない》して、席《せき》をすすめました。それから台所《だいどころ》に通《つう》じるドアをあけて「スイレンカ！」とよびました。

なんの返事《へんじ》もありません。

「スイレンカ！　スイレンカさん！」カッパのおじいさんは声を高めていいました。

台所《だいどころ》からは、ぶつぶついうふきげんな声がきこえてきました。

カパスキーじいさんは、顔《かお》をくにゃくにゃにして、あまい作り声でさえずるようにいいました。

「スイレンカさんや、お客《きゃく》さまですよ……」

するとと台所《だいどころ》からおばさんが出てきて、じろりとお客《きゃく》たちを見わたしました。スカーフをかぶっていましたが、その下からは、白髪《しらが》がのびはじめた髪《かみ》がはみだしています。顔《かお》いちめん、みどりのうぶ毛だらけで、まん中にとがった大きい鼻《はな》がつきでているのでした。

「年がら年じゅうなんの用だね？」おばさんは、カパスキー氏《し》になりたてました。

「スイレンカさんや、お客《きゃく》さまがみえられたんだよ……どうだろう、ちょっとしたお食《しょく》事《じ》でもさしあげては……。みなさん長い旅《たび》でお疲《つか》れなんだよ。大事《だいじ》な大事《だいじ》なスイレンカさんや、お願《ねが》いだよ。コーヒーをわかしておくれ、ね……」

「とんでもない！　老《お》いぼれの飲《の》んだくれが、こんな風来坊《ふうらいぼう》どもをつれこんできといて、このわたしにもてなせだって！　だめだよ！　ここは料理屋《りょうりや》とちがうんだからね！」

「かわいいスイレンカさんや、ま、そういわずに……」カッパのおじいさんは、おがまんばかりにたのみました。

「だめだっていったじゃないか！」行儀《ぎょうぎ》のわるいお手つだいさんは、わめきました。

カパスキーさんは、頭《あたま》をかかえこんだままうめきました。

「この女のためにわしがどれほど苦労《くろう》してるか、そりゃお話になりゃしない！　いったいなぜだろう！　わしがなまじっかめんどうをみたからかい？　どっちを見ても敵《てき》だらけ。ああおそろしいことだ。あれは血《ち》も涙《なみだ》もないめす竜《りゅう》なんですよ。あいつは、ひとをだんだん墓場《はかば》へつれこもうとしてるんだ。あいつは、わしが神経質《しんけいしつ》でよくよくからだに気をつけなきゃならんとか、もう医者《いしゃ》にだいぶつぎこんだなどと思いこんでいるんだ。とんでもない！　あいつはわしをだめにしてしまいたいんだ。いいさ、わしをだめにしたけりゃするがいい。もうわしゃなにもいわないよ。不幸《ふこう》になるならなればいいんだ。あんたのおかげで不幸《ふこう》になってやるよ。死《し》ねというなら、ほんとうに死《し》んでやるさ……」

「おい！　そのかわり、」おじいさんは、スイレンカおばさんをどなりつけました。「出てっておくれ！　二どとふたたびこの目でおまえさんを見ないですむように！　さ、おまえさんの月給《げっきゅう》はちゃんと払《はら》ってやる。さっさと荷物《にもつ》をまとめて、このうちから消《き》えうせろ！　そっちがそう出るなら、こちらにもやりようはあるからな……」

おばさんは、びっくりしておろおろいいました。

「まあ、まあ、このやかましいこと。ま、そこまで悪《わる》くとることはないじゃないか。コーヒーがお入り用だったね、だんなさま。すぐいいつけどおりにするからね。コーヒーは、じきわくよ。きのうケーキを焼《や》いといてちょうどよかった。これですこしはお客《きゃく》さまによろこんでもらえるってもんだ……」

おばさんは、足を引《ひ》きずり引《ひ》きずり台所《だいどころ》へいってしまいました。台所《だいどころ》からは、やがてコーヒーひきをまわす音がきこえてきました。

カッパのおじいさんとお客《きゃく》のきょうだいふたりだけになりました。おじいさんは、あたりを見まわすと、ひそひそ声ではじめました。

「どうです、うるさいばあさんでしょう？　ひとことといえば十《と》ことも返《かえ》さにゃおかないからね。おそろしいこった。これまでどんなにがまんを重《かさ》ねてきたか、これを書こうものなら長い小説《しょうせつ》になるほどでさ。ま、きれいずきで、まちがったことがきらいな、いいところもあるんだが。ただ、ちょっとじぶんの性質《せいしつ》を変《か》えていこうって気さえありゃあね！なんどこれっきりだと思ったかしれやしない。」

エドダントがたずねました。「どうしてまたおよめさんをもらわなかったんですか？」

おじいさんは、いやいやというように手をふりました。

「よしてくださいよ！　昔《むかし》、わかいころには、いくども考えたこともあったんだがね……。いろんな花よめさんを紹介《しょうかい》されたものだが、それがだれひとり、カッパのところへおよめにきてくれる人がいなかったんだよ。わしのところなら、天国《てんごく》もどうぜんだったのに、いや、ほんとにね！　それが、どのこもこのこも鼻《はな》さきで笑《わら》いやがって。わしといっしょじゃおもしろくもないし、どこへもいけやしない、いつも水の中にすわっているだけでしょう、そんなのぜんぜん生活《せいかつ》じゃないってね。それにこのごろのむすめときたら、みなさんもごぞんじのとおりさ……みんな化粧《けしょう》なんてものをしてるから、水の中じゃおしろいがとけちゃうんでさ。こんなわけで、わしはこうして、年《とし》よりになるまで、ひとり者《もの》のまんまでいるってわけですよ。いつも思うんだが、これも案外《あんがい》いいことかもしれないってね。」

フランチモルは、おじいさんカッパをなぐさめたくて、家のきりもりをほめました。しかしカッパのおじいさんは、赤くなっていいました。

「いや、ここにほめられるようなものは、ひとつもありゃしません。商売《しょうばい》もはかばかしくないしね。このへんの森へ遊《あそ》びにいこうとか、この池でひとつ泳《およ》いでみようとか思いつく人がいるもんですかい。わたしゃいちど、新聞広告《しんぶんこうこく》も出してみた。景勝明媚《けいしょうめいび》、快適《かいてき》な水泳《すいえい》を、とね。ところがどうしてどうして。一九〇五年に若《わか》いもんがひとりおぼれたのが最後《さいご》だった。こんなところでだれが泳《およ》ぐもんですかね。山賊《さんぞく》？　ふん、じょうだんじゃない——あいつらときたら、一年じゅう風呂《ふろ》にさえはいらない、まして泳《およ》ぐなんてことは……。わしは運《うん》がわるいんだ。そうにきまってる……」

カッパのカパスキー氏《し》は、くらいため息《いき》をつきました。

「わしゃ、ふしあわせなカッパでさあ。どうしようもないカッパなんだ。何やったってうまくいかないし。もちろん、なかにはどうして、なかなか繁昌《はんじょう》しているカッパもいますがね。たとえば、遠《とお》い親類《しんるい》に……ヤコブ・ミズケーチというのがいますがね。やつなんぞ、なかなかのやり手で、ひろく国際的《こくさいてき》に名高い『水の王者《おうじゃ》』という会社《かいしゃ》をやっているんですよ。ただもちろん、モルダウ川に住《す》みついているんだが。あそこは、交通《こうつう》がひんぱんだからね。あそこで水球競技場《すいきゅうきょうぎじょう》もやれば、水泳《すいえい》やボートの競技会《きょうぎかい》もひらいてるし、水遊《みずあそ》びの客《きゃく》が、わんさとやってくるんだ。それがまた商売《しょうばい》になるんだと思うね……しょっちゅうだれかがおぼれるからね。だがあいつもよくがんばった。よくがんばったよ、ヤコブ・ミズケーチさんは。むすめは河川建設技師《かせんけんせつぎし》のところへよめにやった。技師《ぎし》はそのしゅうとと、うまく話がつけてあってね。技師《ぎし》のだんなが堤防《ていぼう》をつくる。できあがると、ミズケーチ氏《し》が洪水《こうずい》をおこして、堤防《ていぼう》をぶっつぶす。そこで技師《ぎし》さんは、新《あたら》しくやりなおす。こうして財産《ざいさん》をきずいてるってわけさ。ところが、このわたしときたら……」

その時スイレンカおばさんが、コーヒーを持《も》ってはいってきました。

「さ、コーヒーですよ。わたしの悪口《わるくち》なんかいうことなかったでしょ、恥知《はじし》らずな人たち！」おばさんは、しわがれ声でいいました。

「だけど、ねえ、スイレンカや、わたしらは、なにも……」

「おだまり！」このあらっぽいお手つだいさんは、どなりました。カッパのおじいさんは、肩《かた》をすくめ、コーヒーをのみおえるまでだまりこくったままでした。

庭《にわ》にいた小学生たちも、もてなしを受《う》けました。子どもたちはおなかいっぱいたべると、また元気に遊《あそ》びまわりました。職人《しょくにん》ごっこやかくれんぼ、だるまさんがころんだなどをして遊《あそ》びました。毛むくじゃらの気のいいムクも、みんなといっしょにとんだり、はねたり、はしゃいだりしています。この犬の胸《むね》は、よろこびにあふれんばかりでした。魚《さかな》たちまで、生まれつきの人見知りも、きょうはどこへやら、エビガニさえ日ごろのはずかしがりや、ふきげんを忘《わす》れて、子どもたちといっしょになって、さけんだり陽気《ようき》にはしゃいだりするのでした。

やがて日は、西にかたむきました。カッパのすみかには、夕やみのかげがさしはじめました。そろそろ帰《かえ》りのことを考える時がきたようです。エドダントとフランチモルは、カッパのおじいさんに、さよならをして、そのもてなしに感謝《かんしゃ》しました。

カッパのおじいさんは、おじぎをしていうのでした。「なあに、これぐらいのこと、礼《れい》をいうにはおよばないよ。わしにできることは、よろこんでするんだ。それよりまたちかいうちに、ぜひ遊《あそ》びにきてくださいよ。楽《たの》しみにしてますだ。」と。「年《とし》よりカッパのこと、忘《わす》れないでくださいよ。それから、ひょっとしてどこかで何かいい話を耳にはさんだら、たのみますよ……。仕事《しごと》ずきのカッパがお役《やく》に立てるような、待遇《たいぐう》のいい働《はたら》き場所《ばしょ》でもあったらね。そしたらわしは、あっさりここをすてて引《ひ》っこしまさ。もっと客《きゃく》がおおぜいやってきて、水上スポーツがさかんな場所《ばしょ》があればいいんだが。そんなところが見つかったら大助《おおだす》かりですよ。ひょっとして何か……。べつにきょうあすでなければならんことはないがね、まんいち何かあったら……よろしくおたのみしますよ。」

きょうだいたちは、カッパと握手《あくしゅ》して、「おじいさんのために、どこかあたってみて、それからようすを知らせますよ。」と、約束《やくそく》しました。

カッパのおじいさんは、それをきいてまんぞくすると、子どもたちに種々《しゅじゅ》さまざまな貝《かい》がらや、色あざやかな小石をカッパのおじいさんの記念《きねん》にといって、わけてくれました。

カッパのおじいさんは、小学生たちを池の出口の階段《かいだん》のところまで見送《みおく》りました。それから子どもたちはまがりくねった階段《かいだん》を、上へ上へとのぼっていきました。三百六十五段《だん》、のぼりきるのに、かなりの時間がかかりました。

池を出て、山賊《さんぞく》のすみかにむかうころ、あたりはもうまっくらでした。うしろからみんなをよぶ者《もの》がいます。見まわすと、池の堤《つつみ》の上にカパスキー氏《し》が立っていました。おじいさんは「元気でなー。」とよびかけながら、ハンカチーフをふりつづけているのでした。

10

山賊《さんぞく》の裏切《うらぎ》りで、エドダントとフランチモル牢屋《ろうや》にはいる

こうして、いろいろな冒険《ぼうけん》をしているうちに、いく日かがすぎていきました。子どもたちはおくふかい森のまん中の山賊《さんぞく》のすみかが、たいへん気に入ってしまいました。これまでこんな楽《たの》しい思いを味《あじ》わったことがなかったからです。けれどもエドダントとフランチモルは頭《あたま》をなやませていたのでした。子どもたちが行方不明《ゆくえふめい》になってしまい、親《おや》たちはいったい、なんといっていることだろう、何か悪《わる》いことでもおこったのではないかと、さぞ心配《しんぱい》していることだろう、と。

そこでふたりは、山賊《さんぞく》たちに——ことに名高い親分《おやぶん》セロリーニ・フォン・パパドチア氏《し》に——あついもてなしの礼《れい》をのべ、朝早く、日の出前に、ふるさとにむかって旅立《たびだ》とうと

決心《けっしん》したのでした。

そこでふたりは、世界《せかい》に名をとどろかすこの親分《おやぶん》の前にすすみでました。まずエドダントがはじめました。

「かがやかしい将軍《しょうぐん》どの！　いよいよわれわれもあなたさまがたに別《わか》れを告《つ》げ、旅立《たびだ》たねばならぬ日がやってきました。どうぞごきげんうるわしく。われわれ一同《いちどう》、あなたさまのご親切《しんせつ》は一生忘《いっしょうわす》れません。ぶじつきましたら、きっと絵《え》はがきをお送《おく》りいたします。」

大親分《おおおやぶん》セロリーニ・フォン・パパドチアはこのことばをきくや、ハッハッハッ、とからだをゆすって笑《わら》いました。

「これは、また間《ま》の抜《ぬ》けたことをおっしゃいますなあ。このセロリーニさまが、いちど手に入れたえものを手放《てばな》すとでもお考えかな？　おお、なんとおろかなことをのたまわれることよ！　わしは、こんなぐあいにきめたのじゃ。そなたとそなたの弟《おとうと》はここにのこる。われわれのフットボールチームの勝利《しょうり》のため大いに奮闘《ふんとう》してもらう。わしはおめおめこの手から、かくも経験《けいけん》ゆたかな国際的選手《こくさいてきせんしゅ》をのがすほど、老《お》いぼれてはおらん。さて、小学生たちについてだが、わしの意向《いこう》はこうだ。幸運《こううん》の星《ほし》からさずかったあの小学生どもは、

ひとりのこらずここに残《のこ》る。両親《りょうしん》なり、保護者《ほごしゃ》が、身《み》のしろ金をたっぷり送《おく》ってくるまでここで待《ま》つ。もし、きめられた期限内《きげんない》に送《おく》ってこなければ、全員《ぜんいん》、お気のどくだがこの世《よ》からおさらばじゃ。」

山賊《さんぞく》の親分《おやぶん》はこういうと、刀《かたな》のさきをいじりまわしながら、勝《か》ちほこったようにふたりのきょうだいをにらみつけるのでした。

この裏切《うらぎ》り的《てき》やり口《くち》に、ふたりはいきどおりました。フランチモルは山賊《さんぞく》の親分《おやぶん》をはげしくののしりました。

「あわれな怪物《かいぶつ》め！　こうして客人《きゃくじん》をもてなすという神聖《しんせい》なる権利《けんり》を放棄《ほうき》しようというのだな。おまえの正体《しょうたい》はわかったぞ。この腹黒《はらぐろ》い悪魔《あくま》め！」

山賊《さんぞく》の親分《おやぶん》はこのいのち知らずなことばをきくと、

まるでクマンバチにでもさされたかのようにとびあがって、わめきました。

「なんと心えとるか。あわれな野郎《やろう》だ！　かわいそうなやつらめ！　このかいわいのだれひとり、ふるえあがらぬ者《もの》のない、その名も高きセロリーニ・フォン・パパドチアさまにむかって、けしからぬことばをよくも投《な》げつけたな。ただではおかぬ。うおーい。手下《てした》ども！」

このかけ声で、へやの中に数人《すうにん》の家来《けらい》がとびこんできました。ドアのところに立ちどまり、手を胸《むね》にあてて、親分《おやぶん》の命令《めいれい》を待《ま》ちました。

親分《おやぶん》は、きょうだいふたりを指《ゆび》さしていいました。

「ここにおるふたりの反逆者《はんぎゃくしゃ》どもを牢屋《ろうや》へぶちこめ！　ふかさ二十六間《けん》四尺《しゃく》の地下牢《ちかろう》へな。日の光ひとすじはいらぬあのまっくらな牢屋《ろうや》で、ぞんぶんに、むちと屈《くつ》じょくのごちそうをたべさせるんだ。そのまま四十八昼夜《ちゅうやくる》苦しみつづける。その間《あいだ》じゅう地獄《じごく》の苦《くる》しみを味《あじ》わいながら、そのいのちをおえるんだ。名高いセロリーニ・フォン・パパドチアさまをぶじょくしたら、ただではすまされぬことを思い知るがいい。さあ、つれていけ！」

家来《けらい》たちは、エドダントとフランチモルきょうだいのそばにかけより、鉄《てつ》のくさりでふたりをしばり、足には五十キロもある鉛《なまり》のたまをむすびつけました。その上、ふたりは長いくらい廊下《ろうか》を引《ひ》かれていきました。その廊下《ろうか》のはずれにとまって、家来《けらい》たちのひとりがひみつのボタンをおすと床《ゆか》がばっくりとわれました。このとびらがふかさ二十六間《けん》四尺《しゃく》の地下牢《ちかろう》の入口でした。牢屋《ろうや》にふたりのほりょをつきおとし、一同《いちどう》カラカラと思うぞんぶん笑《わら》うと、とびらをばたんとしめてしまいました。

ついにきょうだいは、かびくさい牢屋《ろうや》に閉《と》じこめられてしまいました。そこは、ただくらやみと絶望《ぜつぼう》の世界《せかい》でした。ひとつかみの、くさった麦《むぎ》わらのベッドにすわりこんだまま、ふたりは苦《にが》い思いにふけるのでした。

いくらふたりが魔術《まじゅつ》に通《つう》じていたといっても、手錠《てじょう》をはずしたり、牢屋《ろうや》のとびらをあけたりする呪文《じゅもん》など知らなかったのです。ふたりはなすすべもなく、ただじぶんたちの運命《うんめい》を悲《かな》しく見つめるだけでした。

ふたりは、ひと晩《ばん》じゅう、身《み》を切られる思いにさいなまれました。新《あたら》しい日がちかづいているというのに、それさえわかりません。というのは、この牢屋《ろうや》のすきまからは、ひとすじの日の光もはいってこなかったからでした。もうすべてをあきらめかけた時、ふとフランチモルは小人《こびと》の王さまのことを思いだしました。王さまは、みどりの原《はら》っぱでのみごとなふたりの試合《しあい》ぶりのごほうびに、「ベニテングダケおよびコガネムシ勲章《くんしょう》」をさずけられ、どんな難事《なんじ》に出会った時も、きっと心のこもった援助《えんじょ》の手をさしのべると約束《やくそく》していたのでした。

フランチモルは、大声でさけびました。

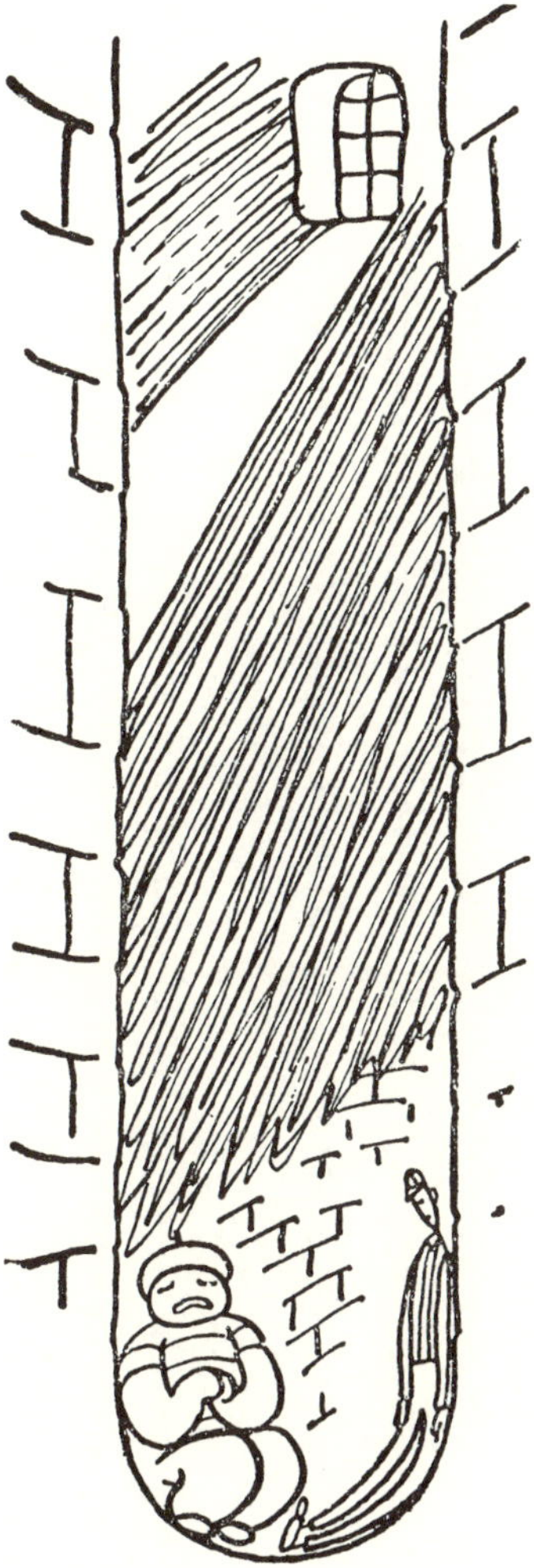

「シタタラーズ・カミダノーミ王！」

あっ！　ふかいやみがさけて、その白いさけ目に、小人《こびと》の王さまの小さな姿《すがた》があらわれたのです。王さまは金のよろいに身《み》をかため、その胸《むね》は勲章《くんしょう》にうずまり、腰《こし》には短剣《たんけん》がゆれ、美《うつく》しい軍帽《ぐんぼう》には白い羽根《はね》がゆらめいていました。

王さまはたずねました。「何かご用かな？」きょうだいは、手錠《てじょう》で自由《じゆう》のきかない両手《りょうて》をさしのべ、さけびました。「困難《こんなん》に直面《ちょくめん》いたしております。どうぞお助《たす》けください！」

「いかなる場合《ばあい》といえども、かならず手助《てだす》けする約束《やくそく》だった。約束《やくそく》は守《まも》るぞ。」王さまはこたえました。

それから白い手袋《てぶくろ》をとると、手をふりました。するとどうでしょう。みるみる牢獄《ろうごく》は小さな小人《こびと》たちでうまりました。小人《こびと》たちは、手に手に、こうこうとかがやく小さなカンテラを持《も》っていました。

王さまがもういちど手をふると、数人《すうにん》の小人《こびと》が囚人《しゅうじん》たちにちかづいて、手錠《てじょう》をはずしました。

王《おう》さまが三ど目に手をふると、牢屋《ろうや》のとびらがひらきました。それから全員《ぜんいん》ぬきあし、

さしあし、ゆううつな穴《あな》ぐらを抜《ぬ》けだしました。
きょうだいは、王さまとその家来《けらい》たちに、すくいだしてもらったお礼《れい》をいおうと、あたりを見まわしましたが、小人《こびと》たちの姿《すがた》は、もう影《かげ》も形《かたち》もありません。あらわれた時と同様《どうよう》、あっというまに、こっそりと姿《すがた》を消《け》してしまっていたのです。
そろそろ夜あけもちかづいたというのに、山賊《さんぞく》たちは、ふかいねむりにおちていました。ゆうべは、またどんちゃんさわぎ。つよいぶどう酒《しゅ》で、前後《ぜんご》不《ふ》覚《かく》によいつぶれてしまっていたのです。牢屋《ろうや》の看守《かんしゅ》までが、ぐでんぐでんになって、床《ゆか》で大いびきをかいているのでした。
山賊《さんぞく》たちは、こうしてねむりこけていました。ただ、ひと晩《ばん》じゅう一睡《いっすい》もできなかったのは——それは小学生たちでした。ひきょうなセロリーニが、子どもたちまで、まるで動物《どうぶつ》のように、鉄《てつ》の格子《こうし》のはまったおりの中に、がっちりと閉《と》じこめてしまったのです。この牢屋《ろうや》に閉《と》じこめられっぱなしになって、子どもたちはだきあって泣《な》きました。きっとわるい山賊《さんぞく》たちに、いじめられるにちがいない、そう思ったからでした。

しかし、おりがあいて、あっというまに子どもたちは、全員《ぜんいん》すくいだされました。ふたたび助《たす》けだされた小学生たちは、エドダントとフランチモルにだきついてよろこびました。

エドダントは、子どもたちに、「みんな、きいてくれ。これからぼくのいうとおりにするんだ。」と、命《めい》じました。山賊《さんぞく》たちが目をさまさないよう、しずかにさせたのです。

ここ、「山賊会館《さんぞくかいかん》」とよばれる家の中には、大きな倉庫《そうこ》がありました。そこに、山賊《さんぞく》たちは、どっさり分捕《ぶんど》り品《ひん》をたくわえてあるのでした。エドダントとフランチモルはこの倉《そう》庫《こ》に小学生たちをつれていきました。

器用《きよう》なフランチモルは、倉庫《そうこ》の鉄鋲《てつびょう》を打ちつけた重《おも》いとびらをあけました。どうでしょう。なかには、五十台以上《だいいじょう》の新品《しんぴん》のオートバイがならんでいました。どのオートバイにも、一つずつ乗客用《じょうきゃくよう》のサイド・カーがついていました。「さ、みんな、一つずつオートバイをちょうだいして、門の前に集合《しゅうごう》だ。」エドダントが命《めい》じました。そして、そのとおり子ど

もたちは、門の前に全員集合《ぜんいんしゅうごう》したのでした。フランチモルがオートバイにガソリンがはいっていることをたしかめると、エドダントが命令《めいれい》しました。「さあ、みんな席《せき》についていて！」

男の子たちはオートバイに、女の子たちはめいめい男の子のサイド・カーにのりこみました。

エドダントが運転手《うんてんしゅ》たちの列《れつ》をととのえ、準備完了《じゅんびかんりょう》とみると、さっそく出発《しゅっぱつ》のあいずです。オートバイは、ブルンブルンとうなりをあげると、まっ黒い夜のやみにむかって出発《しゅっぱつ》しました。

11　山賊《さんぞく》ども、小学生を追跡《ついせき》する

山賊《さんぞく》の親分《おやぶん》、セロリーニ・フォン・パパドチアは、窓《まど》ガラスがガタンガタンふるえるほどの大いびきをかきながら、じぶんの寝《ね》どこでねむっていました。寝《ね》どこのとなりには、親分《おやぶん》の忠実《ちゅうじつ》な家来《けらい》、コケコッコーニが休んでいました。じゅうたんの上にまるくなって、これまたふかいふかいねむりの底《そこ》にしずんでいました。

やにわに親分《おやぶん》は、その大いびきをとめて、家来《けらい》をおこしていいました。

「コケコッコーニよ、なんだかブルンブルンと鳴《な》るような夢《ゆめ》をみたような気がするのだが。」

コケコッコーニは、ねむそうな目をこすりながらこたえました。

「閣下《かっか》、何かがブルンブルンといっていたとおおせになるのでございますか？　いいえ、何ひとつブルンブルンなどと申《もう》しませんでした。それはおそらく、あなたさまの、おそれおおき、おのどが、いびきをかいたのでございましょう。」

親分《おやぶん》は、このこたえにまんぞくし、また目を閉《と》じました。

が、やがてまた目をさましていいました。

「コケコッコーニよ、たしかに何かがブルンブルン鳴《な》っている夢《ゆめ》をみたように思うのだが。」

「おそれおおき閣下殿《かっかどの》、いったい何がブルンブルン鳴《な》ることがありましょう。」家来《けらい》は、いうのでした。「ごじぶんで家じゅうに鳴《な》りひびくいびきをかかれ、ごじぶんでじぶんの目をさまさせておいでなのです。」

「もし、わしがいびきをかいていたというのなら、ま、いびきをかいていたのかもしれん。だが、たしかに何かがブルンブルンいっていたように思うのだが。」

親分《おやぶん》はその目を閉《と》じてねむりました。

三ど目に、名高い山賊《さんぞく》の親分《おやぶん》は、その目をひらいていいました。

「コケコッコーニよ、ええいっ！　ちくしょう！　悪魔《あくま》め！　また何かがブルンブルン鳴《な》っとる夢《ゆめ》をみたような気がするぞ！」

「おそれおおき将軍閣下《しょうぐんかっか》、あなたさまは、しょっちゅうさわぎまわって、人をねむらせません。なんてことでございます！　何ひとつブルンブルンなんぞいってない。それはあなたさまのいびきだと申《もう》しあげているではありませぬか。どうぞおききわけよく……」

コケコッコーニは、まだぶつぶついいながら不満《ふまん》そうにじゅうたんの上で、ねがえりを打《う》つのでした。

この時、とびらがぱっとあいて、全身《ぜんしん》くまなく武装《ぶそう》した山賊《さんぞく》がとびこんできました。彼《かれ》は、将軍《しょうぐん》の寝《ね》どこにかけつけると、敬礼《けいれい》して、報告《ほうこく》しました。

「閣下《かっか》、おそれながらご報告《ほうこく》いたします。われわれのほりょは、オートバイを盗《ぬす》みだし、エドダントとフランチモルのさしずで、逃走《とうそう》いたしました！」

山賊《さんぞく》の親分《おやぶん》セロリーニ・フォン・パパドチアは、このしらせをきくや、ぼうぜんたるまなこで、足をまげることも忘《わす》れたままベッドからとびおりました。そしてこのしらせをつたえにきた家来《けらい》たちにとびかかって、ののしりました。

「なんたることをぬかすか！　こんちくしょうめ！　バカのアホウのトンマのアンポンタンのトンチンカンのヒョウタンナスの、おちそこないのカミナリの、地獄《じごく》のブタヤロウめ！　そんなことあってたまるか！　ただちにラッパを鳴《な》らせ！」

数秒後《すうびょうご》には、集合《しゅうごう》ラッパのすんだ音が、あたりにひびきわたりました。盗賊《とうぞく》たちは、目をさますと、武器《ぶき》をとりました。セロリーニ・フォン・パパドチア親分《おやぶん》が門前《もんぜん》にあらわれた時には、もう彼《かれ》の軍隊《ぐんたい》は全員集合《ぜんいんしゅうごう》、整列《せいれつ》していたのでした。

セロリーニは、部隊《ぶたい》を閲兵《えっぺい》すると、刀《かたな》を引《ひ》きぬき号令《ごうれい》をかけました。

「右へ、四歩《ぽ》すすめ！　左むけ左！　ささげ銃《つつ》！　左むけ左！　かけ足すすめ！　地獄《じごく》か勝利《しょうり》を！」

「地獄《じごく》か勝利《しょうり》を！」山賊一同《さんぞくいちどう》、声をあわせてくりかえしました。それから馬にまたがり逃亡者《とうぼうしゃ》たちを追《お》って、かけだしました。

道なき道をふみわけて、日なおくらい森を抜《ぬ》け、やぶをつき抜《ぬ》け、しげみをけちらして、大峡谷《だいきょうこく》を走りわたり、丘《おか》をこえ谷をくだり、七つの小川、七つの柵《さく》をとびこえて、まっしぐら。ひづめの音も高らかに、火花をちらしつっ走《ぱし》ります。フクロウがホーホーと鳴《な》けば、野獣《やじゅう》のぶきみな遠《とお》ぼえもきこえ、あたりはふかいやみばかり。見えるのは、ただ空高くかかったかがやく月。その月もじぶんを照《て》らすのがせいいっぱいで、地上のことなどおかまいなしのようす。

山賊《さんぞく》たちは、すさまじい速力《そくりょく》でいちもくさんにとばしています。だから小学生たちののったオートバイを見つけるまでに、たいした時間はかかりません。

「ワッハッハッハッ！」親分《おやぶん》セロリーニ・フォン・パパドチアは勝《か》ちほこって、うなりました。「今にひっとらえてくれるぞ！　裏切《うらぎ》りのかどで、ひどい目にあわせてやる！　者《もの》ども、前へすすめ！」

この時エドダントがふりかえって、追手《おって》を見つけました。

「盗賊《とうぞく》どもの手がとどきそうだぞ！　スピードを上げろ！」

小学生たちが速力《そくりょく》を上げると、オートバイは、まるで矢《や》のように走りだしました。いっぽう、山賊《さんぞく》たちもえものたちに追《お》いつこうと、馬に拍車《はくしゃ》をかけました。またもや道なき道をふみわけて、やぶを抜《ぬ》け、いばらのしげみをかけ抜《ぬ》け、大峡谷《だいきょうこく》ももののともせず、丘《おか》をこえ、くぼ地をすぎ、七つの小川、七つの柵《さく》をとびこえていきます。

それも長くはかかりません。またまたエドダントは追跡者《ついせきしゃ》たちが、いまにも追《お》いつきそうになっているのに気づきました。馬のいななきも、山賊《さんぞく》たちのかちどきの声も、すぐそこにきこえてきます。

山賊《さんぞく》の親分《おやぶん》は、雷《かみなり》のようにどなりつけました。

「腰《こし》ぬけども、こうさんしろ！」

エドダントは、いいかえしました。「とんでもない！　するもんか！」それから小学生たちに、「もっとスピードを上げろ。」と、命《めい》じました。こうしてふたたび小学生たちは、山賊《さんぞく》の目から消《き》えてしまいました。

山賊《さんぞく》の親分《おやぶん》セロリーニ・フォン・パパドチアが馬に拍車《はくしゃ》をかけると、山賊軍部隊《さんぞくぐんぶたい》もそれにつづきました。山賊軍《さんぞくぐん》は、嵐《あらし》のごとく、台風《たいふう》のごとく追《お》ってきます。エドダントがふりかえった時には、山賊《さんぞく》たちは、もはや追《お》いつく寸前《すんぜん》、手をのばせばつかまえられんばかりです。これ以上速力《いじょうそくりょく》を上げるわけにはいきません。エンジンが過熱《かねつ》して、焼《や》きついてしまうかもしれないのでした。

山賊《さんぞく》の親分《おやぶん》は大よろこび。

「さあ、とっつかまえたぞ！　みじめな悪童《あくどう》め！　こらしめてやるぞ！」

しかし、このさけび声で、小人《こびと》の国の王さま、おそれおおいシタタラーズ・カミダノーミが目をさましました。すぐさま忠実《ちゅうじつ》な国民《こくみん》を召集《しょうしゅう》するとおおせつけました。

「われらの友人《ゆうじん》たちの身《み》に、目下危機《もっかきき》がせまりつつある。このひん死《し》のせとぎわから、友人《ゆうじん》たちをぜひすくいだしてもらいたい！」

この王のことばをきくや、小さな小さな小人《こびと》たちが、ぱっと走りだして、矢のごとく、山賊《さんぞく》たちにむかっていきました。小人《こびと》たちは、目にもとまらぬ速《はや》さで、山賊《さんぞく》たちの馬にはいのぼると、それぞれ馬の耳の中に陣《じん》どりました。それから、馬という馬の耳を、ごそごそもそもそ、くすぐったり、いじりまわしたり。

馬はみな、うしろ足で立ちあがってあばれだしてしまいました。ついに、しっぽが木の枝《えだ》にからみついてしまった馬もたくさんいました。なかには、枝《えだ》に力なくつりさがりっぱなしの馬もいました。セロリーニ・フォン・パパドチア親分《おやぶん》は、われを忘《わす》れて、ののしりちらしてみましたが、なんの役《やく》にも立ちません。そうこうしているまに、逃亡者《とうぼうしゃ》たちの姿《すがた》は、また見えなくなってしまいました。

それでも、しばらくすると、山賊団《さんぞくだん》はやっとのことで馬を枝《えだ》から引《ひ》きはなし、またもやそうぞうしい鬼《おに》ごっこがはじまりました。道なき道をふみわけて、昼《ひる》なおくらい森を抜《ぬ》け、いばらのしげみをかけやぶり、大峡谷《だいきょうこく》をものともせず、丘《おか》をこえ、谷をとびこえ、七つの小川、七つの柵《さく》をのりこえていきました。またもやエドダントは、追手《おって》が、すぐうしろまでせまっていることに気づきました。もう打《う》つ手はない、あとはこの乱暴《らんぼう》な山賊団《さんぞくだん》の手におちるばかりと思われました。もうこれで最後《さいご》、と思った瞬間《しゅんかん》です。かしこいフランチモルの頭《あたま》に、追手《おって》を追《お》いはらうおまじないがひらめきました。

きまりどおり、いくつかの身《み》ぶりをすると、大声で呪文《じゅもん》をとなえました。

「ジゴク・モネ・ジヨフィ・オネ・エレム・ピレム・ジョク！」

ごらんなさい！　山賊団《さんぞくだん》の頭上《ずじょう》に雲がわきあがり、その中からもうもうと茶色の粉《こな》がふりはじめました。それは、かぎたばこでした。さあ、このかぎたばこが、山賊《さんぞく》ばかりか、馬たちの鼻《はな》の穴《あな》にまではいりこみましたからたまりません。山賊《さんぞく》はもちろん、馬までいっしょにくしゃみをはじめてしまいました。

からだをねじまげ、おなかをおさえ、あたまをかかえてくしゃみの連続《れんぞく》です。

「ハックション！――ヒックション！――ビンボ！――エエエイ、コラション！」その声は森じゅうにひびきわたりました。

山賊《さんぞく》たちは、「だれか、うわさをしてるらしいぞ。」というひまさえありませんでした。そのさわぎ、そのけたたましさ、これ以上《いじょう》のそうぞうしさもやかましさも想像《そうぞう》できないほどでした。馬もくしゃみをしていました。「ヒーンションーーヒップシュ！」それもまたなかなかゆかいながめでした。

小学生たちが、このくしゃみのスキをねらって、追跡者《ついせきしゃ》たちの目の前から姿《すがた》を消《け》してしまったことは、いうまでもありません。こうして子どもたちは森を走りぬけ、これで助《たす》かった、と胸《むね》をなでおろしました。そしてみんなは、フランチモルの気のきいた思いつきをほめたたえました。

12

かりうどピストール氏《し》とたいほされた山賊《さんぞく》

子どもたちは、草原《そうげん》に横《よこ》たわり、からだを思いきりのばしました。こんなにびっくりしたあとですから、すこしからだを休めなければならなかったのです。ふいに、みんなの前にりっぱな口ひげをたくわえた、ひょろながい男があらわれました。かりうどの服装《ふくそう》で、肩《かた》に鉄砲《てっぽう》をかけていました。

ひょろながい男は、小学生たちを、けわしい目つきでながめました。森のほうから、そうぞうしいくしゃみがひびいています。ひょろながい男はたずねました。

「わしが番《ばん》をしておる森からきこえる、あのさけび声はなんだね？　ヘプチン！　――ヒップション！　――エエエイ、コラション！　――シェーン！　――ヒップシュン！というの

は？」

　エドダントは、ひょろながい男に、「いったいあなたは、どなたですか？」と、たずねました。

「わしは小男《こおとこ》かりうどどん、火縄《ひなわ》かつぐも、ほねおれる……」と、男は昔《むかし》むかしのかりうどの歌《うた》でこたえました。

「それは、それは、なかなかけっこう。」フランチモルが、あいの手を入れました。

　すると、ひょろながい男は、またべつの古い歌《うた》でつづけるのでした。

「その名をあかせば、ピストール、あおい野原《のはら》でえさをあさる、シカのむれ、シカのむれ、シカにえさをやるかりうどは、みどりの、みどりのいでたちの――それが、このわしのことだよ。伯《はく》しゃくさまのかりうど、ピストールさまさ。ところで、たずねたいことがある。わしの森の動物《どうぶつ》たちに、いやがらせをやっているのは、どこのどいつだ？」

「山賊《さんぞく》です。」エドダントは、待《ま》ってましたとばかり、こたえました。「山賊《さんぞく》たちは、あなたの動物《どうぶつ》を鉄砲《てっぽう》でうってるんですよ。この目でぼくは見たんだから。」

これをきくと森番《もりばん》の口ひげは、キリリと鳴《な》って、目はまんまるくなりました。

「こんちくしょうめ！　こんちくしょうめ二回！　こんちくしょうめ三回！　ええいっ、こんちくしょうめ百万回《まんかい》！　風来坊《ふうらいぼう》どもめ、なんてことをしでかすのか？　わしはやつらを……ええい、バチあたりめ……百万《まん》三かける十万《まん》七百三十七の二倍《ばい》のカミナリが、やつらの上におっこちろ！」

「まず、やつらをつかまえなければいけませんね。」フランチモルがけしかけました！

「ひっつかまえてやるとも。」ピストール氏《し》はいさんで森へのりこんでいきました。

かりうどが森をどんどん歩いていくと、森の空《あ》き地《ち》で森の妖精《ようせい》たちに出会いました。妖《よう》精《せい》たちはとんだりはねたり、手に持《も》ったとうめいなベールをゆらしながら、うたっているのでした。

フリードランドの　奥方《おくがた》さまは
馬にゆられて　おでましだ
ディヤ　ディヤ　ダー

森番《もりばん》は礼儀《れいぎ》ただしく帽子《ぼうし》をとると、妖精《ようせい》の女王にたずねました。

「おくさま、このへんで山賊《さんぞく》どもをごらんになりませんでしたか？」

「わたくし、男どもには注意《ちゅうい》を払《はら》わないことにしております。」妖精《ようせい》の女王はこたえました。

ピストール氏《し》は、ヤナギの枝《えだ》にこしかけて、妖精《ようせい》たちのダンスの伴奏《ばんそう》をしているカッパにたずねました。

「だんなさん、もしや山賊《さんぞく》どもを見かけませんでしたか？」

カパスキー氏《し》は、肩《かた》をすぼめて、そらとぼけてこたえました。

「わしが、山賊《さんぞく》を見かけたかって？　だれも見えやしませんて。わしはもうこんなじいでろくろく楽譜《がくふ》も見えやせん。わしは、なんにも見えないし、なんも知りませんや。わしはだれの世話《せわ》にもなりたくないし、このわしにそんなことききかんでおいてください。わしはまだまだほかの心配《しんぱい》ごとでいっぱいですからな。そんなものとはかかわりたくもないし、こちらだってどなたさまにもかかわってもらいたくありませんしな。さ、わしにゃ何もいわんといてください。山賊《さんぞく》ってものはなにぶん悪者《わるもの》ですからな。いつかどんな悪《わる》さをしでかすかもしれんし……」

それから森番《もりばん》のほうに、さっと身《み》をかがめると、こっそりささやきました。

「どこかで山賊《さんぞく》を見かけなかったかってことでしたな？　見ないはずがあるものですかい？——この目でしかと見たとすればね。あのだんなたちは、原《はら》っぱでひとしきりくしゃみをしてるところでさあ。ここから遠《とお》いところじゃなし、これからひとつ出かけていって、手っぴどくおしおきをしてやってくださいよ。そうでもせんと、あの悪漢《あっかん》どもめ、ろくなことはしてくれないからねえ。」

かりうどは、このことばをきくと、「こんちくしょうめ！」と、さけんで、いさみたって歩きだしました。

ほんとうでした。数歩《すうほ》あるくと、もう山賊団《さんぞくだん》がたむろして、カミナリでもおちるような音を立てながら、クシャン、クシャンとやっている場《ば》所《しょ》に出ました。ピストール氏《し》は、山《さん》賊《ぞく》たちを見ると、口ひげをビュンと鳴《な》らし、目をくるくるとまるくして、大声でどなりたてました。

「こんちくしょうめ！　こんちくしょうめ二回！　こんちくしょうめ三回！　こんちくしょうめ百万回！　よくもわしの動物《どうぶつ》どもをびっくりさせたな。罰《ばっ》してやる！　わしといっしょにお役所《やくしょ》までいくんだ！」

「ペップショーン！」大親分《おおおやぶん》、セロリーニ・フォン・パパドチアはこたえました。

「何がペップショーンだ！　さ、わしといくんだ！」かりうどは、どなりつけました。

「ピストールさん、わしらは何もしとりません。何ひとつ悪《わる》いことなんぞしてません。」

山賊《さんぞく》の親分《おやぶん》は、蚊《か》の鳴《な》くような声でいいました。

「うるさい、わしといっしょにくるんだ！　あとはお役人《やくにん》さんがしまつしてくれるからな。」

「ピストールさま。お願《ねが》いです。それだけはごかんべんを……、ひとまえで大恥《おおはじ》をかかされるなんて。ひとさまにうしろ指《ゆび》をさされるなんて……どうぞ大目に見て、にがしてください。そしたらお礼《れい》はさしあげます……」山賊《さんぞく》は泣《な》きごとをならべました。

「何もいらん！　子どものおゆうぎじゃあるまいし！　さ、わしといっしょにいくんだ！」

「ピストールさん、もし許《ゆる》してくだされば、ステッカー一冊《さつ》、さしあげます！」

「おまえのステッカーなんぞ、いらん！」かりうどはことわりました。

「それなら、干《ほし》イチジクも、外国切手《がいこくきって》のアルバムもいっしょにさしあげますから。」

「いらん！」

「それなら、そのほかに、ノートと鉛筆《えんぴつ》もさしあげてしまいましょう！」

「そんなもの、いらん！」

「それじゃ、きれいな絵《え》の絵《え》はがき一ダースもさしあげますから、ね……」

「そんなものは、どうでもよい！」

「それからビー玉十個《こ》と新品《しんぴん》のナイフもさしあげます……」

「何をくれたって、わしは、一つも受《う》けとらぬ。その上みんな盗《ぬす》んできたものだろう。さ、わしといっしょにくるんだ！」

かりうどは、山賊《さんぞく》たちを馬にのせて、きれいに一列《れつ》にならばせました。それから一本のひもでぜんぶの馬をむすびつけると、先頭《せんとう》の馬のたづなをとりました。こうしてひもにつないだ盗賊《とうぞく》の行列《ぎょうれつ》を引《ひ》いて、森を出ていきました。

山賊《さんぞく》たちは、ピストール氏《し》が、がんこで、泣《な》いてもおがんでもどうにもならないとわかると、くやしまぎれにかりうどの悪口《わるくち》をいいはじめました。「ピストール、ふとったアヒルがガアガアとおる！」

「口ひげピンピン立ててるが、鉄砲《てっぽう》ピカピカさせてるが、ピンボケ、ピンチのピストール！」

「けっこう、けっこう、このならず者《もの》め、いいたいだけいわせてやるさ……。どっちがどっちか知らないが、天につばはきゃ、じぶんにかかるというもんだ。……悪口《あっこう》たたいたぶんもお役所《やくしょ》でかんじょうさせられるんだから……」

　こうして、かりうどは、森から山賊《さんぞく》たちをつれだしました。一行《いっこう》が道路《どうろ》に出た時、小学生たちがこの行列《ぎょうれつ》にくわわりました。ピストール氏《し》はこの小学生たちの協力《きょうりょく》をたいへんよろこびました。というのは、このならず者《もの》のむれが、ひとあばれしようものなら、きっと子どもたちが一役《ひとやく》かってくれるにちがいないと思っていたからです。

13

牢屋《ろうや》にはいった山賊《さんぞく》たち

とらわれの山賊《さんぞく》たちの行列《ぎょうれつ》は、大きな道路《どうろ》にそって、ながながとつづきました。行列《ぎょうれつ》は、村や町を通《とお》りすぎていきました。どこでもみな、それは大よろこびでした。その勝手気《かってき》ままなふるまいで人びとを手こずらせた山賊団《さんぞくだん》が、ついに息《いき》の根《ね》をとめられ、正義《せいぎ》の手にわたされるというわけなのですから。いたるところで住民《じゅうみん》たちは、それぞれの町や村の旗《はた》をあげ、この勝利《しょうり》をよろこんで家々を飾《かざ》りつけました。ピストール氏《し》も小学生たちも、いたるところで祝福《しゅくふく》され、どこへいっても、かならずごちそうと、ていちょうなもてなしを受《う》けました。町や村の子どもたちは、この小学生たちをだきかかえ、干《ほし》アンズや、干《ほし》ナシ、トルコ蜜《みつ》あめから、甘草《かんぞう》キャンディー、チョコレートにケーキにアイスクリームに、あま

いレモネードなど、じぶんの持《も》っているいいものをみんなにわけてくれるのでした。

村から村へ、町から町へ、行列《ぎょうれつ》はまるで豪雨《ごうう》のあとの川の水のようにふくれあがっていきました。つぎからつぎへ、さまざまな団体《だんたい》がくわわっていったのです。たとえば消防団《しょうぼうだん》、射的《しゃてき》クラブ、乗馬《じょうば》クラブなどでした。各団体《かくだんたい》には、それぞれ楽団《がくだん》がいて、みなみごとに演奏《えんそう》しました。

やがて行列《ぎょうれつ》が黒岳山麓《くろだけさんろく》トンボガエリ市《し》という、この地方の中心地《ちゅうしんち》につくころには、行列《ぎょうれつ》はとほうもなく大きくなって、これまで見たこともないほどたくさんの人たちが、歩いたり馬やオートバイにのったりして、歓迎門《かんげいもん》にはいっていきました。ブツブツマンとかいう市長《しちょう》さんがみずから勝利者《しょうりしゃ》を出むかえにでて、祖国《そこく》を悪者《わるもの》たちの支配《しはい》から解《と》き放《はな》してくれたことにたいして、ながながと感謝《かんしゃ》のことばをのべるのでした。町の人たちは、ばんざいをさけび、国歌《こっか》が演奏《えんそう》されました。全員《ぜんいん》、脱帽《だつぼう》して、国歌《こっか》を斉唱《せいしょう》しました。それはこんな歌《うた》でした。

トルマイネ　トルメーネ
トラメーネ　プラメーネ
アウフ！　ラウフ！　トラウフ！

国歌《こっか》の演奏《えんそう》がおわり、それから町の人たちがうたいおわったところで、ブツブツマン市《し》長《ちょう》が演説《えんぜつ》しました。

「市民《しみん》のみなさま！　ただ今まで、当市《とうし》の牢獄《ろうごく》の屋根《やね》には白旗《しろはた》がたなびいておりました。それは、牢獄《ろうごく》に罪人《ざいにん》ひとりもいないことをしめすものであります。またどんな悪事《あくじ》をはたらこうとも、けっしてつかまることのなかった市民《しみん》のみなさまの公徳心《こうとくしん》の高さと名誉《めいよ》を証《しょう》明《めい》するものであります。しかるに本日をもって、この旗《はた》は引《ひ》きおろされる運《はこ》びとなりました。といいますのも、ここにみえられる山賊《さんぞく》のみなさまで、当市《とうし》の牢屋《ろうや》は満員《まんいん》になるからであります。」

この演説《えんぜつ》がおわると、町の人たちは、もういちど、ばんざいを三唱《しょう》しました。ばんざいの声の中には、

「牢屋《ろうや》ばんざい！　わが市《し》の牢屋《ろうや》の繁栄《はんえい》ばんざい！」というさけび声もきこえました。

この祝典《しゅくてん》がおわると、盗賊《とうぞく》たちは牢獄《ろうごく》につれていかれました。みなふかく恥入《はじい》っていました。みんなが山賊《さんぞく》たちを指《ゆび》さしたりするし、子どもたちに、「あんなふうになるんじゃありませんよ。」と、教《おし》えたりするおかあさんたちも、たくさんいたからです。

このならず者《もの》のどらむすこたちは、まず十二キロも重《おも》さのある手錠《てじょう》をはめられて、ふかさ二十六間《けん》四尺《しゃく》の地下牢《ちかろう》に投《な》げこまれました。牢屋《ろうや》の中には、かたくなったパンの耳と、つぼ一ぱいの水が入れられました。これがみんなの一日分の食料《しょくりょう》と飲《の》みものなのです。山賊《さんぞく》たちは、泣《な》いたり、なげいたり、頭《あたま》をかかえこんだり、涙《なみだ》をぬぐったりしましたが、そんなことで助《たす》かるはずもありません。

さすがのおそろしい山賊《さんぞく》の親分《おやぶん》も、ふかさ二十六間《けん》四尺《しゃく》の地下牢《ちかろう》の中にすわっています。

十二キロの手錠《てじょう》をはめられて、悲《かな》しげに考えこみながら、頭《あたま》をじっと手のひらでかくしたまま苦《にが》い思いにふけっているのでした。

日もくれたころ、牢獄《ろうごく》のそばを通《とお》りかかった人びとは、中からきこえてくる歌《うた》を耳にしたことでしょう。まず親分《おやぶん》、セロリーニ・フォン・パパドチアがソロでうたうと、そのあとほかの山賊《さんぞく》たちがコーラスでつづけるのでした。親分《おやぶん》のうたうその歌《うた》は、それはもの悲《がな》しい歌《うた》でしたから、人びとは足をとめて、じっと耳をそばだてるのでした。その歌《うた》の歌詞《かし》も、ふしもおぼえてしまいたい、と思ったからでした。

「おいらだって　かあさん
あまやかさないで　くれたなら
おいらのだいじな　とうさんより
もっと出世《しゅっせ》を　してただろ」

山賊《さんぞく》たち、声をあわせて、

「そうともさ　してただろ！」

セロリーニは、つづけました。

「おいらだって　とうさん
盗《ぬす》みさえ教《おし》えて　くれなけりゃ
世《よ》にもりっぱな　人となり
くにのほまれと　いわれたろ」

山賊《さんぞく》たち、声をあわせて、

「そうともさ　いわれたろ！」

「おいらだって　まともに
ガッコへちゃんと　かよってりゃ
山賊《さんぞく》なんぞに　おちぶれず

いまじゃどこかの　大教授《だいきょうじゅ》」

山賊《さんぞく》たち、声をあわせて、
「そうともさ　大教授《だいきょうじゅ》！」

「おいらだって　できれば
この世《よ》に希望《きぼう》を　もちたいが
わかくげんきな　手も足も
牢屋《ろうや》の中で　くさるだろ」

山賊《さんぞく》たち、声をあわせて、
「そうともさ　くさるだろ！」

「おとなたち　きいてくれ

おいらのさいごを　ようく見て
かわいい子どもが　いるならば
山賊《さんぞく》だけには　させるなよ！」

山賊《さんぞく》たち、声をあわせて、
「そうともさ　させるなよ！」

こんなふうに、山賊《さんぞく》の親分《おやぶん》、セロリーニ・フォン・パパドチアはうたっていたのです。その心は、さぞ重《おも》かったことでしょう。なぜなら、もう二どとこの牢獄《ろうごく》から解《と》き放《はな》されることもないし、じぶんがしでかした悪《わる》さゆえに、ついに悲壮《ひそう》なさいごをとげることも、よく知っていたからです。

14

犬の町での冒険《ぼうけん》

小学生たちは、気まえのよいもてなしを受《う》けながら、この町にかなり長いあいだ滞在《たいざい》しました。もっといたいと思えばいることもできたし、楽《たの》しくくらすこともできたのですが、エドダントとフランチモルは意《い》をけっして帰《かえ》ることにしたのでした。子どもたちの身《み》を案《あん》じている両親《りょうしん》たちのことが気がかりだったからです。つごうの悪《わる》いことには、魔《ま》法《ほう》のほうきは故障《こしょう》したままで、交通手段《こうつうしゅだん》としてはとうてい役《やく》に立ちそうに思われませんでした。そこで帰《かえ》り道《みち》も、またオートバイのお世話《せわ》にならねばなりませんでした。

こうしてあるはれた日の朝、子どもたちは、こころよくもてなしてくれた人びととさよならのあいさつをかわして、帰《かえ》りの旅《たび》に出発《しゅっぱつ》するのです。町じゅうの人たちが、町はずれのわかれ道《みち》まで見送《みおく》りにきてくれました。音楽《おんがく》を演奏《えんそう》しながら、みなオートバイが見えなくなるまで、帽子《ぼうし》をふりつづけているのでした。

子どもたちは、まっ白い街道《かいどう》を走りに走りつづけました。小さな村をいくつも抜《ぬ》け、たくさんの町を走りすぎ、とまる時といえば、ただオートバイにガソリンを補給《ほきゅう》する時ぐらいのものでした。地図《ちず》も持《も》ちあわせていないし、もともと地理《ちり》はとくいなほうではありません。じぶんでもどこを走っているのか、どうもよくわかりませんでした。さまざまな地方、さまざまな国がつぎつぎと交代《こうたい》し、あたりの風景《ふうけい》も、そこにくらしている人びとのようすも、つぎつぎに変《か》わっていきます。人びとは、この小さな旅人《たびびと》たちにはさっぱりわからない、ききなれないことばを話していました。

でも、そんなことを気にする者《もの》はだれひとりいません。みな、どうにかなるさ、と思っていました。こうして未知《みち》の目的地《もくてきち》にむかって走りつづけました。

九日目になって、とうとう一同《いちどう》は、ある町にはいりました。それは清潔《せいけつ》で、たたずまいも美《うつく》しく、すっかりみんなの気に入りました。そこで、エドダントは、この町で休《きゅう》けいすることにしました。このころにはのこりのお金もわずかになってきていたのでした。お金

なしの旅《たび》は、ちょっとつらいものです。
この町の道を走っていくと、いろいろおもしろいものが目にはいりました。まず、この町には、どうも犬が多いこと。そして何よりふしぎなのは、この犬たちがちっとも犬らしくなくて、むしろ人間《にんげん》にちかいくらしをしていることでした。
たとえば、あけはなされた窓《まど》からは、どうどうたるバーナード犬《けん》がまるい帽子《ぼうし》を頭《あたま》にのせてのぞいています。この犬は、長いパイプをふかしながら、そうぞうしい道路《どうろ》を、思案顔《しあんがお》でながめているのでした。
まっ白いからだに片目《かため》だけぶちのある

フォックステリアが家から家へ走りまわっていました。この犬は、腰《こし》のあたりに革《かわ》のかばんをさげていて、手紙を配達《はいたつ》しているようです。

「ジェリーさん、わたしのところにゃきてませんかい？」窓《まど》からバーナード犬《けん》がよびかけました。

「だんな、きょうは、ないようですよ。」フォックステリアはそうこたえると、となりの家にかけこんでしまいました。

またほかの窓《まど》には、毛のふさふさした雑種犬《ざっしゅけん》が見えました。犬はふといひもでしっかりからだをしばりつけ、何やらもの悲《がな》しい歌《うた》を口ずさみながら、ぬのきれで、窓《まど》ガラスをふいているのでした。

しかし、小学生たちが何よりおどろいたのは、こんな情景《じょうけい》でした。めす犬が一ぴき、かばんをさげて道を歩いていました。めす犬は、ひげもじゃの男の人を、ひもにつないでつれているのでした。その男は、めす犬のまわりをぴょんぴょんはねまわっていました。むこうからボルゾイ犬《けん》がいばりくさって歩いてきます。髪《かみ》をみじかくして、しゃれた身《み》なりのおじょうさんをつれているのでした。ところが、このひげもじゃ

の男とおじょうさんは、両方《りょうほう》とも口に口《くち》輪《わ》をはめていました。ひげもじゃの男は、おじょうさんを見ると、いきなりひもをぴんとつっぱって、おじょうさんのほうに身《み》をのりだしました。そして、いかがわしいことばを、さんざんおじょうさんにむかってあびせかけました。おじょうさんも、だまってはいません。はねつけるようにいいかえしました。

「よしてよ、いやな人ね！」

「アルフレッド、いけません！」そういって、めす犬はじぶんの人間《にんげん》をしかりました。

ボルゾイ犬《けん》は、おじょうさんのひもを

引《ひ》きしめて、ぶつぶついいました。

「いったいどうしたんだい、フリードリッヒちゃん？」

エドダントとフランチモル、それにほかの小学生たちも、これにはたいへんおどろきました。それでもオートバイをとめることなく、どんどん走っていきました。エンジンのうなり声にさそわれて、たくさんの人間《にんげん》たちがよってきましたが、みんな全速力《ぜんそくりょく》でオートバイめがけてかけよると、わいわいとののしるのでした。

角《かど》をまがると『ブチ五世商会《せいしょうかい》　店主《てんしゅ》リョーケン・ケナガーイ、南洋雑貨《なんようざっか》の卸《おろ》し売《う》りおよび小売《こう》りと茶の直輸入《ちょくゆにゅう》』という看板《かんばん》が目にとまりました。

店《みせ》の前には、南の国のくだもののもられたかごや、さまざまな袋《ふくろ》や、塩漬《しおづ》けニシンの樽《たる》がおいてありました。赤毛の小柄《こがら》な人間《にんげん》が、その樽《たる》にちかづいてきて、クンクンかぎはじめました。その時店《みせ》の中から大きな赤毛の犬が、怒《いか》りに目をギョロギョロさせてとびだしてきたかと思うと、「とっとと消《き》えうせろ！」と、どなりました。小さな人間《にんげん》は、びっくりして、あたふたとにげだしました。赤毛の犬は、その人間《にんげん》めがけて、まきを投《な》げつけると、ひどく悪態《あくたい》をつきながら、にげていくそのうしろ姿《すがた》をにらみつけるのでした。それからつばをはきすてると、また店《みせ》の中へもどっていきました。

わたしたちの小さな旅行者《りょこうしゃ》たちは、これまでさんざん見なれないふしぎなことに出会ってきましたが、こんどというこんどは、まったくきもをつぶしてしまいました。だいたい世界《せかい》に犬が人間《にんげん》を支配《しはい》している町があるなどということは、きいたこともありませんでした。まして地理《ちり》の時間に習《なら》ったことだってないのです。

みんなは、おなかがすいてきたので、たべて、のんで、力をつけようと食堂《しょくどう》でもないかとあたりを見まわしました。すぐに『食堂兼喫茶店老犬《しょくどうけんきっさてんろうけん》ジャック』と、看板《かんばん》の出ている大きな感《かん》じのよい建物《たてもの》を見つけました。さっそくこの食堂《しょくどう》で休《きゅう》けいすることにして、中にはいりました。中にはこんなはり紙が出ていました。

「食堂《しょくどう》に人間《にんげん》をつれこむことは、かたくおことわりいたします。」

一同《いちどう》は、大きくて清潔《せいけつ》な広間《ひろま》にはいっていきました。そこにはテーブルがならんでおり、さまざまな姿《すがた》、形《かたち》の犬たちが、テーブルをしめていました。昼《ひる》ごはんに骨《ほね》つきの肉《にく》をかじっている犬がいました。この犬は肉《にく》のところをきれいにかじってしまうと、骨《ほね》をテーブルの下に投《な》げました。テーブルの下にはだれか人間《にんげん》がいて、たくみにそれをつかむと、おいしそうにかじりはじめました。またべつのテーブルには、年配《ねんぱい》のめす犬がこしかけ、ひざに人間《にんげん》の赤んぼうをだいていました。子どもはごきげんが悪《わる》く、ぐずっています。すると、おくさんの犬は、角砂糖《かくざとう》を一つ手のひらにのせて、「さ、チンチンおし!」このことばに、子どもはチンチンして、お願《ねが》い申《もう》すように、その手をふりまわすのでした。そのごほうびに子どもは角砂糖《かくざとう》をもらい、おいしそうにたべました。おくさんの犬は、子どもの頭《あたま》をなでなでほめてやりました。

「ペピークちゃん、いい子ね。ほんとうにいい子……」

生徒《せいと》たちがあいているテーブルにつくと、ふたりの給仕《きゅうじ》さんがあわててとんできて、「ご注文《ちゅうもん》は?」とたずねました。見ると白い胸《むね》あてをつけた大きな黒犬で、それぞれナプキンをぶらぶらさせていました。みんながこの町の人間《にんげん》ではなく外国人《がいこくじん》だとわかると、給《きゅう》仕《じ》たちは、犬と同様《どうよう》にたいへんていねいにあつかってくれました。さっきの年《とし》より犬は、昼《ひる》ごはんをたべおわると、めがねをかけて給仕《きゅうじ》さんに新聞《しんぶん》をたのみました。給仕《きゅうじ》さんはさっそく、『犬の展望《てんぼう》』を持《も》ってきました。ところがテーブルの下の人間《にんげん》は、じっとしていられません。じぶんのご主人《しゅじん》のじゃまをはじめました。お犬さまはすっかりおこって、人《にん》間《げん》をけとばしました。人間《にんげん》はキャンと鳴《な》いて、おとなしくすわりました。

フランチモルは、ほんのすこしでじゅうぶんでしたから、たちまち、おなかいっぱいになってしまいました。

そこで、たべおわると、中庭《なかにわ》に出てみました。そしてこんどの旅《たび》さきで出会ったさまざまなおもしろいことに思いをはせながら、あちこちぶらぶらしていました。ふとフランチモルは、犬小屋《いぬごや》の前に、くさりにつながれたままねそべっている人間《にんげん》に目をとめました。もうかなりの年《とし》で、髪《かみ》はまっ白でした。頭《あたま》を手の上にのせて、きもちよさそうにひるねのさいちゅうです。ただひるねのじゃまになるハエを追《お》いはらう時だけ、ちょっと目をさますのでした。

しばらくすると、うちの中から犬が出てきて犬小屋《いぬごや》の前に、えさをおきました。人間《にんげん》はそれがスープや骨《ほね》やコーヒー、それに何から何まで、ごたまぜにしたお昼《ひる》ごはんののこりなのに、いっこうかまわず、おいしそうにかぶりつきました。

たべおわると、まんぞくげに何やらぶつぶつつぶやくと、おなかをなでて、またごろりと横《よこ》になりました。

ふとこの時、この人間《にんげん》は、フランチモルの姿《すがた》に目をとめました。

しばらくフランチモルをじろじろ見ていましたが、やがてたずねました。

「犬かね、ニンゲンかね？」

「ニンゲンだよ。」

「外国人《がいこくじん》かね？」また、たずねました。

フランチモルはうなずきました。どうやらこの番人《ばんにん》は話したがっているな、この男から何でもきだしてやろう、とフランチモルは考えました。

とつぜん、男はたばこをねだりました。フランチモルは、さっそく願《ねが》いをききいれ、たばこに火をつけてやりました。小屋《こや》の前の人間《にんげん》は、あたりを注意《ちゅうい》ぶかく見まわしてから、すいはじめました。

「じいさんにでも見つかろうものなら、おしおきだからね……」男は、フランチモルに説明《せつめい》しました。「中庭《なかにわ》じゃ禁煙《きんえん》なんだ。番人《ばんにん》のわしがまずはじめに守《まも》らにゃならないきまりなんでね。」

フランチモルは、どうしてこの町では、人間《にんげん》が犬同然《どうぜん》で、しかも正真正銘《しょうしんしょうめい》の犬どものど、れいになっているのかたずねました。

その人間《にんげん》は話しはじめました。

「この町も数年《すうねん》まえには、ほかの町と何ひとつ変《か》わったところのない町だった。人間《にんげん》が町をおさめ、犬は人間《にんげん》につかえていてね。けれども人間《にんげん》たちは、犬にたいして、たいへん残酷《ざんこく》だった。犬たちはいじめられ、食《た》べものもろくろくもらえず、ただもらえるものは、むちだけだった。そこでついに犬たちは反乱《はんらん》をおこして、町にじぶんたちの政府《せいふ》をつくってしまったのだ。

わしじしん、むかし人間《にんげん》が町をおさめていたころには、工場《こうじょう》の番人《ばんにん》をしていたが、工場《こうじょう》のご主人《しゅじん》からひどい目にあわされたものだったよ。めずらしい外国《がいこく》のだんな、ぜひひとこといっておきたいが、まったくここじゃ、犬のほうが人間《にんげん》より、ずっとものわかりがいいんですよ。」

フランチモルは、この番人《ばんにん》に「じぶんは、たまたま魔術《まじゅつ》がとくいだから、もしおのぞみなら、またもとどおり人間《にんげん》に実権《じっけん》を返《かえ》し、犬を人間《にんげん》につかえさせることもできるのだが……」と、いってみました。

「ごしょうですから、そんなことしないでください！　第《だい》一、人間《にんげん》はそんなことをしてもらうほどいいことをしてきたわけじゃなし、それにわしらは今のほうがまだましですよ。そもそも今どきの人間《にんげん》がどんなくらしをしてるというんですね？　パンひときれさえ、うばいあい。ところが犬なら、くれるものをおとなしく待《ま》ってりゃいいんです。たとえばうです、わたしの頭《あたま》の上には、ちゃんと屋根《やね》もあれば、飢《う》えに苦《くる》しむこともない。前には、いい年《とし》をして、物《もの》ごいなんかしなくてもいいようにと、いろいろ心配《しんぱい》ごともあったものだが、もう今じゃ、そんな心配《しんぱい》はすてってしまったよ。ちゃんとわしのめんどうをみてくれるってことは、よくわかってるからねえ。」

フランチモルは、それでも反対《はんたい》していいました。

「なんといってもこれじゃ人間《にんげん》の生活《せいかつ》じゃない。犬の生活《せいかつ》じゃないか。今の生活《せいかつ》をよくしようと努力《どりょく》しなけりゃいけないよ。くさりにつながれっぱなしで、ちっともおもしろくないだろう。」

しかし番人《ばんにん》は、そんなことないよ、というように手をふるのでした。

「こんな年《とし》よりに何がおもしろい生活《せいかつ》だね？　くさりをはずしてくれたって、わしはどこへもいきゃしないよ。どこへいけというんだね？　わしは飲《の》み屋《や》へかよったこともないし、映画《えいが》もむいてない。こうしてだれにもとやかくいわれずひとりでいるのが、いちばんだ。」

「家族《かぞく》はあるの？」フランチモルがたずねました。

「その昔《むかし》は家族《かぞく》もあったが、犬たちがみなばらばらにしてしまったよ。ふたりは肉屋《にくや》の車引《くるまひ》き。ひとりは目の見えない犬の案内役《あんないやく》。もうひとりはわしと同様番人《どうようばんにん》です。みんなよくめんどうみてもらってますよ。いいところにおさまって、不平《ふへい》はいってない。とびきり出世《しゅっせ》したわけじゃないが。大事《だいじ》なのは、まんぞくしてるってことですからねえ。そうじゃないですかい？」

フランチモルはうなずきました。その男はつづけて、

「ただ一つこまることがあってね、からだじゅうノミだらけなんでね。いったいどこからノミがわいてくるのやら、それがさっぱりわからないのさ。だれかもの知りが教《おし》えてくれるといいのだがね！　これだけのノミが、ひとりでにわいてくるわけはないと思うんだが……」

番人《ばんにん》はそういいながら、手をあっちへやり、こっちへやり、からだじゅうをぼりぼりかきながら、考えこむのでした。

しかし、フランチモルはもう耳をかたむけるのをやめました。そして食堂《しょくどう》に帰《かえ》って、子どもたちに今きいてきたことを話してきかせました。みんなおどろいて、この話をなかなか信《しん》じようとしなかったのも、むりもないことでしょう。

子どもたちが全員《ぜんいん》、楽《たの》しく食事《しょくじ》をすませて、休《きゅう》けいもたっぷりしたころを見はからって、エドダントは、給仕《きゅうじ》さんをよんで、かんじょうをすませました。それからまた、わたしたちの小さな旅人《たびびと》たちは、オートバイにまたがり新《あたら》しい冒険《ぼうけん》めざして出発《しゅっぱつ》しました。

15

エドダントとフランチモル、給仕《きゅうじ》になる

さあ、また出発《しゅっぱつ》です。エドダントとフランチモルは、一刻《いっこく》も早く家に帰《かえ》りつけるようにつとめました。学校のことが、たいへん心配《しんぱい》になっていたからです。時は矢《や》のようにすぎ、学期末《がっきまつ》もまぢかにせまっていました。それなのに、この小学生たちときたら、いつまでも、あちらこちら、世界《せかい》じゅうをさまよい歩いていたのです。たくさんふしぎなできごとにも出会いました。かぞえきれない冒険《ぼうけん》も経験《けいけん》しました。さまざまな国と、その風習《ふうしゅう》もじぶんたちの目でたしかめました。

かといって、みんながすぐ家に帰《かえ》れるというわけにもいきません。これまで耳にしたこともないような冒険《ぼうけん》がまだたくさん待《ま》ちかまえていたからです。み

んなをのせたオートバイは、風と競《きそ》うようにビュンビュン走っていきました。目のまえに、新《あたら》しい景色《けしき》がつぎつぎにあらわれてきます。山も川も湖《みずうみ》もありました。そのほかいろいろな難関《なんかん》も待《ま》ちかまえていました。足あと一つない原始林《げんしりん》を、野生《やせい》の動物《どうぶつ》たち、悪者《わるもの》たちにじゃまされながら、さまよい歩いたこともありました。それでも、どうにかこうにかどんな困難《こんなん》もぶじ切りぬけることができました。

こうしたある日のこと、みんなは、焼岩岳山麓《やけいわだけさんろく》ペチャクチャ町という温泉町《おんせんまち》につきました。町は火柱《ひばしら》と、けむりの雲が立ちのぼる高い山のふもとにありました。町の人びとは、勤勉《きんべん》で、商売《しょうばい》と手仕事《てしごと》でくらしを立てていました。仕事《しごと》を身《み》につけなかった人たちは、お役所《やくしょ》にすわって、なんにもしていませんでした。が、なんといってもこの町第《だい》一の産業《さんぎょう》は、借金《しゃっきん》をすることだったのです。あるときある商人《しょうにん》が、おとなりからお金を借《か》りました。それからしばらくするうち、だれもかれも、だれかに借金《しゃっきん》しているようなことになってしまいました。さて、その結果《けっか》、人びとは、借金《しゃっきん》を返《かえ》さなくてもすむように、ほかの人たちをできるだけさけるようになりました。おたがいにあいさつもしなければ話もしません。だから町じゅうしんとして、だまりこくっていました。だんなさんはおかみさんと、おとう

さん、おかあさんは子どもたちと、子どもたちは両親《りょうしん》と口をききません。みな、それぞれお金を借《か》りているからです。だれもかれも、今にも借金《しゃっきん》をさいそくされはしないかと、びくびくしながら、すれちがうのでした。

町の郊外《こうがい》に、病気《びょうき》にきく温泉《おんせん》がありました。この温泉《おんせん》は、ふしぎな力を持《も》っていました。ふとった人は、やせるためにこの水をのみました。やせた人は、この水をのんだあと、きっと体重《たいじゅう》がふえるのでした。だからこの温泉《おんせん》がたいへんな人気だったとしても、ふしぎはありません。ここかしこから、病気《びょうき》をなおそうという人びとが、ひっきりなしに集《あつ》まってきました。この町の人びとがたがいにさけあい、いっしょに話もしないため、町じゅうしんとして、物音《ものおと》ひとつしないのですから、いらいらした病人《びょうにん》たちにとっては、この上なく気分の休まることなのです。

エドダントとフランチモルには、心配《しんぱい》ごとがありました。どうやって、じぶんたちと、あの子どもたちをたべさせていったらいいのだろう、ということです。もうお金も食料《しょくりょう》もつきようとしています。そこでふたりは、決心《けっしん》をかためました。お金がたまったら、また旅《たび》をつづければいいさ、と思ったのです。さっそく町角《まちかど》で、どこかのおじさんをよびとめ、「なんでもできて、仕事熱心《しごとねっしん》な男をふたり、どこかでやとってもらえませんか？」と、たずねてみました。

おじさんは、しばらく頭《あたま》をひねっていましたが、やがて、ふたりに、ある食堂《しょくどう》の場所《ばしょ》を教《おし》えてくれました。そこでたしか仕事熱心《しごとねっしん》な給仕《きゅうじ》をさがしている、というのでした。

きょうだいふたりがお礼《れい》をいって、立《た》ち去《さ》ろうとしますと、そのおじさんは、ふたりをとめて、「もしや、すこしばかり貸《か》していただけませんかな？」と、たのみました。「もう人から、三か月も借《か》りていませんのでね。」

「どのくらいでしょう？」エドダントがたずねました。

「そう、まあ……五、六万《まん》ドルほど。」おじさんは、考え考えいいたしました。「家からお金がつきしだい、お返《かえ》ししたいと思いますがね。」

「じゃあ、ほかでもないあなたですから、十コルナ（チェコ共和国の通貨単位）お貸《か》ししましょう。」

「そりゃ、ありがたい。」おじさんは大よろこびで、はっは、といいながら、硬貨《こうか》をなでまわすのでした。「あんたがた、なんて親切《しんせつ》なんだろ、できしだいお金は利子《りし》つきでお返《かえ》ししますからね。」

そういいながら、大あわてでうしろへとびのくと、お菓子屋《かしや》へかけこんでしまいました。そこでボンボンを買《か》ったようです。エドダントとフランチモルは、ほかの子どもたちといっしょに電車《でんしゃ》にのって、そのおじさんの教《おし》えてくれた食堂《しょくどう》へむかいました。

電車《でんしゃ》の中は、たいへんゆかいでした。運転手《うんてんしゅ》さん、車掌《しゃしょう》さん、ふたりそろって陽気《ようき》な青年《せいねん》で、ありとあらゆるじょうだんで、乗客《じょうきゃく》みんなを楽《たの》しませようと一生《いっしょう》けんめいだったからです。

小学生の切符《きっぷ》は、いくらになりますか、とフランチモルがたずねました。すると車掌《しゃしょう》さんは手をふって、「まさかわたしたちをおこらせようというんじゃありませんでしょうね？　わたしたちは、好意《こうい》と親切心《しんせつしん》からお客《きゃく》さまを運《はこ》ばせていただいております。でももし、なにがしかお支払《しはら》いになりたいとおっしゃるのでしたら、いくらなりと、お客《きゃく》さまのお考えでちょうだいさせていただきます。」と、いいました。

フランチモルが車掌《しゃしょう》さんに一コルナ手わたすと、たいへんよろこんでいいました。「あなたがたのお心ざしのお返《かえ》しに、ひとつすばらしい歌《うた》を演奏《えんそう》いたしましょう。歌《うた》は、運転《うんてん》手《しゅ》くんです。では運転手《うんてんしゅ》くん！」そういってギターをつかむと、弦《げん》をはじきはじめ、運転《うんてん》手《しゅ》さんがメロディーにあわせて、歌《うた》をうたいはじめました。

ギターをひいたり、歌《うた》をうたったりで、小さな旅行者《りょこうしゃ》たちの旅《たび》は陽気《ようき》なうちにまたたくまにおわり、たちまち目的地《もくてきち》に到着《とうちゃく》してしまいました。

気のいい人たちは、食堂《しょくどう》の場所《ばしょ》を教《おし》えてくれて、こんないきのいい給仕《きゅうじ》さんたちが店《みせ》にやってきたら、さぞ店《みせ》の主人《しゅじん》もよろこぶことだろう、などといってくれました。

エドダントとフランチモルは、店《みせ》の主人《しゅじん》に自己紹介《じこしょうかい》をして、ここで働《はたら》かせてもらいたい、といいました。

主人《しゅじん》は、そのことばをきくと、大よろこびでいいました。

「だんながた、大歓迎《だいかんげい》ですよ。信頼《しんらい》できて、しかも実力《じつりょく》のある人をやとえるなんて、ほんとうに大よろこびですよ。わたしは、だんながた、ふしあわせな男でしてね。」

きょうだいは、「どうしてふしあわせなのですか？」と、たずねました。

「商売《しょうばい》が今にもつぶれそうだからですよ。」と、主人《しゅじん》は説明《せつめい》しました。「もうけがぜんぜんないのですよ。給仕《きゅうじ》たちが売《う》りあげをぜんぜんわたしてくれないのです。何かいってやろうとするが、またわたしに乱暴《らんぼう》でもしやしないかと心配《しんぱい》でね。給仕《きゅうじ》たちにひとこと注意《ちゅうい》してやりたくとも、それもできないんです。わたしがあれらに借金《しゃっきん》してるからです。ところがあいつらときたら、お客《きゃく》たちから借《か》りているってわけで、何ひとつお客《きゃく》たちにつよいことがいえないんですよ。」

それからこんな説明《せつめい》もつけくわえました。彼《かれ》の商売《しょうばい》のお客《きゃく》さんたちは、じぶんの健康《けんこう》をとりもどそうとちかくの温泉《おんせん》にやってきた病人《びょうにん》たちだというのです。あるお客《きゃく》たちは医者《いしゃ》から、たっぷりたべなさい、といわれ、またある客《きゃく》たちは何にもたべてはいけないといいつけられています。もちろん、いいつけを守《まも》らなければ、病気《びょうき》は悪《わる》くなってしまいます。

エドダントとフランチモルは、よくこの説明《せつめい》をのみこみました。そしてさっそく給仕用《きゅうじよう》の黒いエンビ服《ふく》にきがえて、仕事《しごと》をはじめました。たちまち元気いっぱい、テーブルとテーブルのあいだを、お客《きゃく》さんの注文《ちゅうもん》に応《おう》じて、とびまわりました。お客《きゃく》の半数《はんすう》はでぶでした。あとの半数《はんすう》はやせっぽちでした。エドダントはふとった人たちの給仕《きゅうじ》にあたることにし、フランチモルはやせている人たちにつかえることになりました。

やせたお客《きゃく》さんたちは、みなこの給仕《きゅうじ》さんをほめたたえました。むりもありません。フランチモルは、みんなにふたり分の分量《ぶんりょう》を出したばかりか、じぶんの食料《しょくりょう》からつぎ足しさえするのでした。じぶんは、ほとんどたべなかったからでした。ところが、ふとった人たちは、エドダントへの不満《ふまん》だらけでした。エドダントは、お客《きゃく》に料理《りょうり》を運《はこ》ぶ道々《みちみち》、じぶんでその半分はたいらげてしまったからでした。

しかし店《みせ》の主人《しゅじん》は、この新《あたら》しい給仕《きゅうじ》に思いのほかまんぞくしてしまいました。エドダントとフランチモルが売《う》りあげをそっくりそのまま主人《しゅじん》に手《て》わたして、じぶんのポケットに入れてしまったりしなかったからでした。

このきびしい仕事《しごと》についてからというもの、フランチモルはますますやせほそってしまいました。やせて、やせて、まるでくつひものようでした。フランチモルのからだの影《かげ》といえば、ほとんどない、といってもよいほどでした。通《とお》りをいく時は、風に吹《ふ》きとばされてしまわないかと、びくびくしなければなりません。店《みせ》の主人《しゅじん》は、フランチモルがどこか悪《わる》いらしいと気づき、給仕《きゅうじ》さんが病気《びょうき》になってしまったら、と心配《しんぱい》でなりません。そこで休養《きゅうよう》をすすめ、休暇《きゅうか》をとるようにと申《もう》し出《で》ました。エドダントもまた、じぶんのかわいい弟《おとうと》のことが気が気ではなく、フランチモルがからだをこわさないように、フランチモルのぶんまでかわって働《はたら》きました。しかし、フランチモルは、「悪《わる》いところなんかぜんぜんないよ。」と平気《へいき》なもので、おにいさんや小学生たちといっしょに働《はたら》きたがりました。

ところが、ある日、フランチモルは消《き》えてなくなってしまったのです。どうしてこういうことになってしまったのか、だれにもわかりません。いつも肌身《はだみ》はなさず持《も》っていた旅《りょ》行《こう》かばんごと消《き》えてなくなってしまったのです。エドダントは、たいへんおどろき、警察《けいさつ》にかけつけ、弟《おとうと》の捜査《そうさ》に協力《きょうりょく》をもとめました。小学生たちは、また小学生たちで、町の中だけでなく、郊外《こうがい》までくまなくかけめぐり、いたるところ行方《ゆくえ》をたずね歩きました。しかしフランチモルは、まるで地面《じめん》にがっぷりのみこまれてしまったかのように、影《かげ》も形《かたち》もなくなってしまったのです。

そこで、ある日のこと、エドダントは小学生たちをよび集《あつ》めて、話しました。

「生徒諸君《せいとしょくん》。われらのフランチモルが行方不明《ゆくえふめい》になってしまった。われわれは、たとえ地下《ちか》百メートルのところだろうとも、フランチモルをさがしださなければならない。われわれはたとえ火の中水の中、さがしにさがし、フランチモルを見つけだし、家につれ帰《かえ》るまで、がんばろう。」

子どもたちが、このことばにみな賛成《さんせい》したのは当然《とうぜん》です。みんなは、「行方不明《ゆくえふめい》のフランチモルをさがしだす手つだいをします。」と、はっきりいいました。まだその日のうちに、エドダントは主人《しゅじん》に退職願《たいしょくねが》いを出しました。店《みせ》の主人《しゅじん》はたいへんなげいて、月給《げっきゅう》ももっとあげるからと約束《やくそく》しましたが、きく耳を持《も》ちませんでした。

子どもたちは店《みせ》の主人《しゅじん》にさよならをいい、フランチモルをさがして、ひろい世界《せかい》にむかって出発《しゅっぱつ》しようと、オートバイにのりこむのでした。

16

フランチモル、なぞの失踪《しっそう》

フランチモルは、いったいどうしたというのでしょう。じつは、こんなことがおこっていたのです。フランチモルはその時、へやで仕事着《しごとぎ》にきがえているところでした。小さな旅行《りょこう》かばんから、洗《あら》いたての下着《したぎ》をとりだして、黒い給仕《きゅうじ》さん用コートをきこみました。それから旅行《りょこう》かばんのかぎをしめ、もとの場所《ばしょ》にかたづけようとしていました。その時です。あけはなされた窓《まど》から、とつぜん強《つよ》い風が吹《ふ》きこみました。そして、あれよあれよというまに、フランチモルは突風《とっぷう》に吹《ふ》きあげられ、たちまち、へやからまいでてしまいました。風はフランチモルをつかんだまま、山をこえ、谷間《たにま》をこえ、タンポポの綿毛《わたげ》か何かのように、つれていってしまったのです。

フランチモルは、何千キロも、とびにとびました。もうすぐじぶんもおしまいだ、フランチモルは、そう考えました。この瞬《しゅん》間《かん》、フランチモルはみじかかったじぶんの生涯《しょうがい》を、とくに学校をないがしろにして読み書きさえ、きちんと身《み》につけなかったことを、心からくやむのでした。

しかし、風はやさしい心を持《も》っていました。フランチモルが、ああ、もうだめだ、と思ったその時、ふたたび地面《じめん》にそっと注《ちゅう》意《い》ぶかくおろしてくれました。じぶんの足にかたい地面《じめん》を感《かん》じた時、フランチモルはどんなにうれしかったことでしょう。あたりを見まわすと、どうやらそこはプールのようでした。

それは、暑《あつ》い夏の日で、プールは人であふれていました。頭《あたま》から、水の中へとびこんでいる人もいます。水の中で、大きなボールやいろいろなゴムでできた動物《どうぶつ》とはしゃいでいる人たちもいます。どこのプールもそうですが、それは、それは、さわがしく、にぎやかでした。

フランチモルは、プールがすっかり気に入って、ひとあびするのも悪《わる》くないぞ、と考えました。あたりを見まわすと、プールの管理人《かんりにん》がいる小屋《こや》が見えました。フランチモルは、管理人《かんりにん》をさがし、海水《かいすい》パンツを貸《か》してもらおうと、その小屋《こや》にむかいました。小屋《こや》にはいると礼儀《れいぎ》ただしく帽子《ぼうし》をとって、願《ねが》いごとをつたえました。しかし、フランチモルの声は、たいへんかぼそく、その姿《すがた》もあまりほっそりしていましたから、管理人《かんりにん》のおじさんには、きこえもしなければ、見えもしません。フランチモルは、もういちどお願《ねが》いしてみました。しかしやはりうまくいかないとわかって、しょんぼり小屋《こや》から出てきました。ほったて小《ご》屋《や》のわきのベンチに、ふたりの年配《ねんぱい》のおくさんがすわっていました。ふたりはおしゃべりに夢中《むちゅう》でした。そのうちのひとりは、じぶんの横《よこ》に色とりどりのししゅう糸を入れたかごをおき、布地《ぬのじ》を手に、ししゅうに余念《よねん》がありません。

フランチモルは、たいへんおもしろく思い、そのご夫人《ふじん》たちのほうへ、いったいなんのおしゃべりをしているのだろうと、ちかづいていきました。そして気づかれないよう、そっとししゅう糸のはいったかごの中にもぐりこむと、中で毛糸の玉のように、ぐるぐるとまるくなりました。こんなことは、フランチモルにとって、むずかしいことでもなんでもなかったのです。だってフランチモルは、ほんとうに糸のように細《ほそ》く、しかも弾力《だんりょく》がありましたからね。

「宅《たく》の主人《しゅじん》は、にゅるにゅるっとしたソースのかかった、クネドリーキ（つぶしたじゃがいもと小麦粉《こむぎこ》などをまぜた種《たね》をゆでてつくる、パンのようなチェコの伝統的《でんとうてき》な食《た》べもの）がだいすきなんでざあますの。」

「うちの主人《しゅじん》ときたら、まっかな鼻《はな》をしてますの。ほんとうに世界《せかい》に二つとないような鼻《はな》でざあますわよ。」ふたり目がこたえました。

「うちの子どもたちなんか、一日じゅう、おとなしく遊《あそ》んで、だれもそばについてるひつようなどないんざあますの。」もうひとりが、いいました。

「アラ、マアー　信《しん》じられないくらいですわ。ところが、わたしのおじときたら、飲《の》みすけで、のみさえすれば、あとはうたったり、おどったりなんざあますの。」

するとししゅうをしていたおくさんがじまんしました。

「そんなのたいしたことありませんわよ。わたしたちなんか、去年別荘《きょねんべっそう》で湖《みずうみ》にはまっておぼれてしまうところでざあましたのよ。」

「そうなんですよ。」ふたり目が話をさえぎっていいました。「うちの町の市長《しちょう》さんなぞ、ひとりで自転車《じてんしゃ》をお習《なら》いになったんでざあますのよ。」

ししゅうをしていたおくさんが、くちびるをつきだしていいました。

「そんなのどうってことありませんわ……。わたしのおばなんか、もうフランス語《ご》を習《なら》って、百日《ひゃくにち》ぜきにかかってしまいましたんでざあますの！」

こういいながら、かごをまさぐり、針《はり》に新《あたら》しい糸を通《とお》そうとしました。ところが、糸のかわりに、うっかりフランチモルを通《とお》してしまいました。不運《ふうん》な若者《わかもの》はぐいぐいと針《はり》の目をくぐらされ、こぶまでからだにつくられてしまいました。

フランチモルはさけびました。「ワァー、ワァー、まちがいですよう！」しかしそれはよわよわしい声でしたから、ご夫人《ふじん》にはきこえません。何ごともなかったかのように、布《ぬの》地《じ》に針《はり》をさしては、すいすいと、フランチモルをぬいこんでいきました。

ふたり目のご夫人《ふじん》は、友だちのししゅうを見て、びっくりしてたずねました。

「ま、あなた、なんてきれいなできばえでしょう?」

「ベールをししゅうしてますの。主人《しゅじん》のためのベールでざあますの。」例《れい》のおくさんがこたえました。

「いったい、何にお使《つか》いでざあますの?」

「主人《しゅじん》がそれを顔《かお》にかぶせますの。昼《ひる》さがり、ひとねむりまどろむ時に、ハエどもがじゃまをしませんようにね。」

「マア!」その友だちは、おどろきました。

ご夫人《ふじん》は、熱心《ねっしん》に手を動《うご》かしましたから、たちまちフランチモルのからだでバラに似《に》た美《うつく》しい花をぬいあげてしまいました。

彼女《かのじょ》の友だちは、このベールを手にとると、声を細《ほそ》めて、この美《うつく》しい作品《さくひん》をほめそやすのでした。

たしかにこのベールは、なかなかどうして、たいしたできばえでした。ベールのまんなかには、「お昼寝《ひるね》は十五分以内《いない》」という文字《もじ》がししゅうしてあり、そのまわりには、ありとあらゆる飾《かざ》りがししゅうしてあるのでした。

「こんな美《うつく》しい手芸品《しゅげいひん》を見るのは、はじめてですわ。」ふたり目のご夫人《ふじん》は、じぶんの友だちをほめたたえていいました。「あなたって、なんてご器用《きよう》でいらっしゃるんでしょう。わたしには、とうていできませんわ。いくらいただいてもできませんわ。」

この日、プールにいあわせたご夫人連《ふじんれん》は、みんなそこにかけよって、このみごとな手仕《てし》事《ごと》に、ただただ目を見はるのでした。ベールは手から手へまわされ、この傑作《けっさく》にみな感嘆《かんたん》の声をあげました。

こうしているあいだ、かわいそうなフランチモルは、いったいどうしていたでしょう。それはもう、みなさん、想像《そうぞう》にもおよびません。フランチモルは、いく針《はり》もいく針《はり》も布地《ぬのじ》をくぐらされ、いったい足はどこやら、手はどこやら、かいもく見当《けんとう》もつきません。手足は四本ともぬいこまれ、頭《あたま》は背中《せなか》におしつけられ、胴《どう》はらせん状《じょう》にまかれてしまったのです。声をかぎりに助《たす》けをもとめてみましたが、だれの耳にもはいりません。手にした小さな旅行《りょこう》かばんもいっしょにぬいこまれ、フランチモルは、それをなくしてはしまわないかと気が気ではありません。

ご夫人《ふじん》たち一同《いちどう》が、この美《うつく》しい手芸品《しゅげいひん》をながめおわると、ししゅうをしたおくさんは、ていねいにベールをたたんで、じぶんのハンドバッグにしまいました。こうしてフランチモルは、この世《よ》から、足あと一つのこさず、姿《すがた》を消《け》してしまったのです。エドダントはいったい、弟《おとうと》を見つけだせるのでしょうか？

17

木の上の食堂《しょくどう》——人食《ひとく》い王《おう》のこと

男の子と女の子たちは、エドダントを先頭《せんとう》に、行方不明《ゆくえふめい》になったフランチモルをさがして、ひろい世界《せかい》にむけ旅立《たびだ》ちました。くる日もくる日も、ひたすら旅《たび》をつづけ、夜もろくろく休みませんでした。というのも、フランチモルに何かわるいことがおこったのではないかと、たいへん心配《しんぱい》だったからです。

旅《たび》に出て十日目、こんもりしげったカシの木が、高々とそびえ立っているところへやってきました。そこにはこの一本のカシの木以外《いがい》何ひとつありませんでした。ちかづいてみると、その木の高いしげみの中に建物《たてもの》が一軒《けん》たっていて、何か看板《かんばん》がかかっていました。『メッザレム王宮食堂《おうきゅうしょくどう》』。小さな旅人《たびびと》たちは食堂《しょくどう》と知って大よろこび。そこでおなかをつくり、のどをいやし、それから手足をじゅうぶん休ませようと思いました。ただこまったことに、どうやってこの食堂《しょくどう》へいったらいいのかわかりません。ふといふとい鉄《てつ》のくさりで、はるか高くにつりあげられていたからです。

エドダントは、手を口にあて、大声でよびました。

「もしもし、食堂《しょくどう》さあん！」

返事《へんじ》はかえってきません。どうやら食堂《しょくどう》の中には人っこひとりいないようです。

エドダントは、もういちど、よんでみました。が、こんども返事《へんじ》はありません。とう三ど目によんだ時、みんなの頭《あたま》の上の食堂《しょくどう》の窓《まど》から、頭《あたま》にまるい帽子《ぼうし》をのせた男が顔《かお》を出すのが見えました。男は大声でいいました。

「もしもし、あんたがたは、チェコ人《じん》かね、それとも残忍国《ざんにんこく》のお人かね？」

「ぼくらはチェコ人《じん》で、平和《へいわ》を愛《あい》する旅人《たびびと》です。」

「それなら話はべつだ。ちょっと待《ま》ってくださいよ。すぐまいります。」

やがて鉄《てつ》のくさりが、ギーギーきしむ音がきこえ、あれあれ！　食堂全体《しょくどうぜんたい》がゆっくりと地面《じめん》におりてくるではありませんか。

食堂《しょくどう》が地面《じめん》につくと、とびらがあいて、そのしきいに店《みせ》の主人《しゅじん》が立ちました。まるい帽子《ぼうし》をとると、ていねいに頭《あたま》をさげて旅人《たびびと》たちを中へ招《まね》きいれるのでした。それから主人《しゅじん》がとびらのかぎをしめると、くさりがふたたびギーギーときしんで、建物全体《たてものぜんたい》がだんだんのぼりはじめました。

全員《ぜんいん》テーブルにつくと、給仕《きゅうじ》さんがすぐにおいしい食《た》べものや、さわやかな飲《の》みものを運《はこ》んできました。店《みせ》の主人《しゅじん》はじぶんもそのテーブルにすわって、子どもたちがおいしそうにたべるようすを、うれしそうにながめていました。

エドダントは、オートバイのことが気に

なりましたが、店《みせ》の主人《しゅじん》は、あれは、ガレージへしまうようといいつけてあるからと、エドダントを安心《あんしん》させるのでした。

全員満腹《ぜんいんまんぷく》になると、おじさんは、みんなの名まえや生まれた国をたずねました。どうやらみんなのこたえにまんぞくしたようすで、こんどはじぶんのことを話しはじめました。主人《しゅじん》の話によればこの食堂《しょくどう》は、グラマティー家《け》出身《しゅっしん》のハラデルブム十八世《せい》とよばれる残忍《ざんにん》国王《こくおう》の治下《ちか》におかれているのです。

エドダントは、なぜ食堂《しょくどう》が地面《じめん》になくて、手のとどかないような高いところにくさりでつるしてあるのかとたずねました。

店《みせ》の主人《しゅじん》は注意《ちゅうい》ぶかくあたりを見まわしてから、声をひそめてこたえました。

「おめずらしい外国《がいこく》のお客《きゃく》さん、これにはわけがありましてね……わたくしども、おそれおおき支配者《しはいしゃ》は――神《かみ》のみめぐみあらんことを！――たいへんいいかたなんです。だからこそまたの名を「ハラデルブム高潔王《こうけつおう》」ともいうんです。ところが玉にキズとでもいいましょうか、ちょっとした、いや、ほんとにささいな欠点《けってん》が一つありましてね……。つまり人間《にんげん》の肉《にく》が好物《こうぶつ》なんですよ。王さまはあるとき、今は亡《な》きわたしの父にむかって、

『おまえのところの客《きゃく》をみんなたべてみたい。』と、おっしゃいまして、父はさんざんな目にあいました。それからというもの、客《きゃく》という客《きゃく》はみなわたしどもの食堂《しょくどう》をさけて通《とお》るようになるし、父はそれを気にやんで、まもなく死《し》んでしまいました。そこでわたしはおとくいさんの身《み》の安全《あんぜん》のため、このような高《こう》いところに食堂《しょくどう》をおくことにきめたのです。高潔王《けつおう》のおやとい兵《へい》に目をつけられて、うちのお客《きゃく》さまが、王さまの食卓《しょくたく》にささげられたりしないように、というわけなんです……」

じぶんの国の人民《じんみん》をよろこんでたべる王さまがいようとは、と、エドダントはたいへんおどろきました。しかしお店《みせ》の主人《しゅじん》は、こういうのです。「そのほかのことにかけては、じつにいい王さまで、名誉《めいよ》そのもののようなおかたでして……。この王さまの代《だい》になってから、科学《かがく》も芸術《げいじゅつ》もみごとにさかえたんですよ。それはもう、うたがう余地《よち》もないことでして。ただたった一つ、この欠点《けってん》だけがね。――でもいったい、わたしどものだれに欠点《けってん》がないと申《もう》せましょう？　それよりもっとこまることは、この王国《おうこく》の人口《じんこう》がどんどんへっていることですよ。王さまは、なみなみならぬ大食漢《たいしょくかん》ですからね。」

それから主人《しゅじん》は、いろいろと話しはじめました。ハラデルブム王の何よりの好物《こうぶつ》は、弁《べん》護士《ごし》とお坊《ぼう》さんだということ、それは脂肪分《しぼうぶん》が多くて、肉《にく》がやわらかいからだということ。それから「学校の先生というものは、スープにしかならない。」と、王さまはおっしゃっているということ。

そして主人《しゅじん》は、「あなたがた、何しにこの土地へやってきたんですか？」と、たずねました。

「もしいのちが大事《だいじ》だったら早めにもとの場所《ばしょ》へお帰《かえ》りなさい。」といってから、エドダントを見つめながら、つづけました。「とくにあなたなんか、またみごとに、まるまるふとっておられますからね。王さまのお気に召《め》すこと受《う》けあいですよ。」

エドダントは、行方不明《ゆくえふめい》の弟《おとうと》をさがしもとめていることを話しました。

「ええっ！」主人《しゅじん》はさけびました。「物《もの》でも人間《にんげん》でも、見あたらなくなったら、まずわたしどもの高潔王《こうけつおう》のところをさがしてみなくてはね。ひょっとして、もういまごろ、あなたの弟《おとうと》さんが、国王陛下《こくおうへいか》の御胃《おんい》の中に横《よこ》たわっておいでじゃないと、いいんだがねえ。」

エドダントは店《みせ》の主人《しゅじん》に、いったいどこへいったらいいのか、どこにハラデルブム高潔《こうけつ》王《おう》のおすまいはあるのか、とたずねました。

店《みせ》の主人《しゅじん》は、「メッザレム王国《おうこく》の首都《しゅと》にそびえ立つそのお城《しろ》の中に住《す》んでおいでです。」と、こたえました。

「まっすぐ北へむかって出発《しゅっぱつ》なさい。七つの小川と七つの山をこえていきますと、アチコチヒロビロ海《かい》の海岸《かいがん》へ出るでしょう。港《みなと》には、『王女ベシエ号《ごう》』という名の船《ふね》が、いかりをおろしているはずです。船長《せんちょう》はわしの親友《しんゆう》で、シンデール・ビルといってね。わしからもくれぐれもよろしくとつたえてください。そうすれば船長《せんちょう》はよろこんでその船《ふね》であなたがたを目的地《もくてきち》へつれていってくれるでしょう。」

エドダントは、店《みせ》の主人《しゅじん》に心からお礼《れい》をいいました。主人《しゅじん》は、しかし悲《かな》しげにエドダントを見つめ、ため息《いき》をつくのでした。

「あなたの若《わか》いいのちと、けがれない小学生たちのいのちが、じつに惜《お》しまれる。メッザレム王のお怒《いか》りにふれたくないとすれば、これ以上《いじょう》いいかねるが……」

しかし、エドダントはこたえました。

「あの大切な弟《おとうと》、フランチモルを見つけだすためには、何ごともおそれません。そのためなら、何でもやってみます。」と。

そしてみんなは、新《あたら》しい旅《たび》にそなえて力をたくわえるため、寝《ね》どこへはいりました。朝の光がかがやきはじめると、くさりがギーギー鳴《な》って、食堂《しょくどう》はふたたび地面《じめん》におろされました。小学生たちは、おのおののオートバイを点検《てんけん》し、エンジンに異常《いじょう》なく、ガソリンもいっぱいはいっているのをたしかめました。小学生たちが、お店《みせ》のおじさんと心からの別《わか》れのあいさつをすませると、エドダントは、出発《しゅっぱつ》のあいずをしました。

18

陳情団《ちんじょうだん》、ハラデルブム王宮《おうきゅう》へ出発《しゅっぱつ》

メッザレム王国《おうこく》の首都《しゅと》で、王宮所在地《おうきゅうしょざいち》のウヤハル市《し》は、悲《かな》しみにしずんでいました。この大きな、人口密度《じんこうみつど》の高い都市《とし》の人口半数《じんこうはんすう》が、もうハラデルブム高潔王《こうけつおう》にたべられてしまったのです。この人食《ひとく》い王《おう》は、それでもまだたべたりず、休むひまなく新《あたら》しい生《い》けにえをさいそくしてくるのでした。市《し》はまいにち、新《あたら》しい生《い》けにえを宮廷《きゅうてい》に供給《きょうきゅう》しなければなりませんでした。何よりしまつに負《お》えなかったのは、王さまがまずしい人びとの肉《にく》をさげすんだことでした。どうも、においがよくないというのです。そして肉《にく》のやわらかく、きめのこまかいことでは抜群《ばつぐん》な金持《かねも》ちたちをまずほしがりました。だれが王さまの食卓《しょくたく》に身《み》をささげるかは、くじできめられました。ウヤハル市《し》の中央広場《ちゅうおうひろば》では、まいにちくじびきがおこなわれました。抽選係《ちゅうせんがかり》は、太鼓形《たいこがた》のくじびき箱《ばこ》を、いくどもまわします。くじびき箱《ばこ》の中には、市民《しみん》の名まえの書かれたふだがはいっていて、まわしおわると、親《おや》を王さまにたべられてしまったみなし子が、くじを引《ひ》きました。くじにあたったら、もうおしまい。みんなは、そのかわいそうな人を香水《こうすい》入りのお風呂《ふろ》に入れ、とりどりの花で飾《かざ》りたて、それから宮廷《きゅうてい》へ参上《さんじょう》するのでした。そこで、宮廷《きゅうてい》のコックたちが引《ひ》きとります。宮廷《きゅうてい》の調理《ちょうり》べやに送《おく》りこまれた人の親類《しんるい》は、悲《かな》しみをあらわにすることは許《ゆる》されず、ぎゃくに、じぶんたちの親族《しんぞく》のひとりが、もったいなくも王さまの胃《い》に召《め》される光栄《こうえい》をたまわったというわけで、陽気《ようき》で、うれしげな顔《かお》をしていなければならないのでした。

　町じゅうに恐怖《きょうふ》と不安《ふあん》がつのりきったとき、市長《しちょう》のマラヒアは、長老会《ちょうろうかい》を召集《しょうしゅう》し、そこで今後《こんご》の方針《ほうしん》を協議《きょうぎ》することにしました。もし王さまの人食《ひとく》い趣味《しゅみ》が、もっとつづいたとすれば、町はほんとうに人っこひとりいない死《し》の町と化《か》してしまうでしょうから。

　長老《ちょうろう》たちは集《あつ》まって、熱心《ねっしん》に討論《とうろん》しました。つぎからつぎへと発言者《はつげんしゃ》は交代《こうたい》しました。つぎからつぎにいろいろな提案《ていあん》が出されました。けれども、じっさいには、だれひとり、どうしたらよいかわかるものはいませんでした。

ふいに長老《ちょうろう》のひとりがひたいを打《う》っていいました。

「わがとうとき国王陛下《こくおうへいか》は、よく芸術《げいじゅつ》をたしなまれるごようすであります。この町のご夫人《ふじん》で、たいへん美《うつく》しいベールをしゆうした者《もの》がおるということを、かねがね耳にしております。そのベールは、またみごとなできばえで、だれひとりとして、ほめたたえぬ者《もの》なく、みなその話でもちきりだということであります。このご夫人《ふじん》にその手芸品《しゅげいひん》を国王陛下《こくおうへいか》にたてまつるよう要求《ようきゅう》することを提案《ていあん》いたします。この芸術作品《げいじゅつさくひん》がかならずやお気に召《め》されて、そのお考えもおやわらぎになるかもしれないと思うものであります。」

この提案《ていあん》は、満場一致《まんじょういっち》で可決《かけつ》されました。さっそくこのご夫人《ふじん》のところに使者《ししゃ》が送《おく》られ話のなりゆきをきいたご夫人《ふじん》は、こころよくそのベールを手《て》わたしてくれました。

それから上流家庭《じょうりゅうかてい》の中から、十人の紳士《しんし》と十人の淑女《しゅくじょ》がえらばれ、この美《うつく》しい手芸品《しゅげいひん》を国王陛下《こくおうへいか》にたてまつり、そのお考えをやわらげ、これ以上《いじょう》じぶんの民《たみ》をお召《め》しあがりにならないようお願《ねが》いすることになりました。

ここでひとつ、ふれておかねばならないことがあります。メッザレム王国《おうこく》の首都《しゅと》、ウヤハル市《し》は、アチコチヒロビロ海《かい》の孤《こ》島《とう》の上にたてられています。この島《しま》の中央《ちゅうおう》には、湖《みずうみ》がひろがり、その湖《みずうみ》のまんなかに、クリスタル・ガラスのふといふとい柱《はしら》が立っています。そしてその柱《はしら》の上にガラスでできた台《だい》があって、またそのガラスの台《だい》の上に、王宮《おうきゅう》がそびえ立っています。

この王さまは、思案《しあん》に思案《しあん》を重《かさ》ねて、このすまいをつくられたのでした。というのは、じぶんの政治《せいじ》に不満《ふまん》な民《たみ》におそわれはしないかと、びくびくしていたからです。じっさいこのお城《しろ》にいきつくのは容易《ようい》でないばかりか、ほんとうにいのちがけでした。十人の紳士《しんし》と十人の淑女《しゅくじょ》たちは、まず湖《みずうみ》へ出なければなりません。その湖《みずうみ》が、またまっ黒で、どうもうな魚《さかな》やおそろしい怪物《かいぶつ》で、水面《すいめん》はうねりを立てていました。湖《みずうみ》をわたって王宮《おうきゅう》にいくには、年老《としお》いた見るもぞっとするような船頭《せんどう》さんに、今にもこわれそうな渡《わた》し舟《ぶね》で運《はこ》んでもらわねばなりません。

王宮《おうきゅう》にむかう陳情団一行《ちんじょうだんいっこう》が、この小舟《こぶね》にのりこむと、舟《ふね》はゆらゆらとゆれ、今にも転《てん》ぷくするかと思われました。幸《さいわ》いしずむことはなかったとはいえ、おそろしい魚《さかな》たちが、はじめからおわりまで、舟《ふね》にまとわりついてくるのでした。そして水面《すいめん》にうきあがって、歯《は》のはえたどん欲《よく》な口をつきだしては、人間《にんげん》たちをつかもうとするのです。海の怪物《かいぶつ》たちも、人間《にんげん》たちをつかまえて、あわよくば湖《みずうみ》の底《そこ》ふかく引《ひ》きずりこもうと、その長い触手《しょくしゅ》をふりまわすのでした。

王宮《おうきゅう》にむかう陳情団一行《ちんじょうだんいっこう》が、この旅行中《りょこうちゅう》、どんなおそろしい思いをしたとしても、おどろくにはあたりません。しかし湖《みずうみ》をわたりきった時、まだまだ困難《こんなん》が待《ま》ちかまえていることがわかりました。宮殿《きゅうでん》にいたる道すじには、さまざまな危険《きけん》がひそんでいるのでした。

宮殿《きゅうでん》をささえているガラスの柱《はしら》の前に立つと、この柱《はしら》は、何百メートルもの高さで、その階段《かいだん》には、すべりやすいガラスがしきつめられていることがわかりました。地面《じめん》から、てっぺんにいたるには、柱《はしら》のまわりをくるくるくねっている三千三百三十三段《だん》の階段《かいだん》をのぼっていかなければならないのです。高いところで目まいをおこすような人や、気のよわい人は、階段《かいだん》をのぼりながら下をのぞいてはなりません。そうでないと、きっと頭《あたま》がぐらぐらし、まっさかさまに、ふかみへと墜落《ついらく》してしまうことでしょう。

十人の紳士《しんし》と十人の淑女《しゅくじょ》は、渡《わた》し舟《ぶね》をおりると、この手すりもない、すべりやすい階段《かいだん》をのぼりはじめました。一日じゅう、せっせと階段《かいだん》をのぼりつづけました。太陽《たいよう》の焼《や》けつくような日ざしが頭《あたま》に照《て》りつけるので、みんなののどはカラカラです。この長い長い階段《かいだん》をのぼりおわるころは、もう日も西にかたむいておりました。

最後《さいご》の階段《かいだん》をのぼりつめると、ひろびろとした場所《ばしょ》に出ました。それは宮殿《きゅうでん》の中庭《なかにわ》なのでした。

広場《ひろば》は宮廷《きゅうてい》の歩哨《ほしょう》たちにかこまれていました。陳情団《ちんじょうだん》は、さっそく歩哨《ほしょう》たちにつかまってしまい、もしや、おそれおおい国王陛下《こくおうへいか》のおいのちにたいし、何かをたくらんでいはしないかと、じんもんを受《う》けました。十人の紳士《しんし》と十人の淑女《しゅくじょ》は、歩哨《ほしょう》に宮殿訪問《きゅうでんほうもん》の目的《もくてき》を告《つ》げると、衛兵《えいへい》たちが陳情団《ちんじょうだん》を引《ひ》きとって、第《だい》二の中庭《なかにわ》へと案内《あんない》しました。

第《だい》二の中庭《なかにわ》までくると、宮殿《きゅうでん》の玄関《げんかん》にとほうもなく大きな馬のようなクマンバチが二ひき、見張《みは》っているのが見えました。この二ひきのクマンバチは、おかまほどある目をギョロギョロさせているのでした。

クマンバチたちは、いったん見知らぬ人に目をつけると、さやから剣《けん》を引《ひ》きぬいて、お

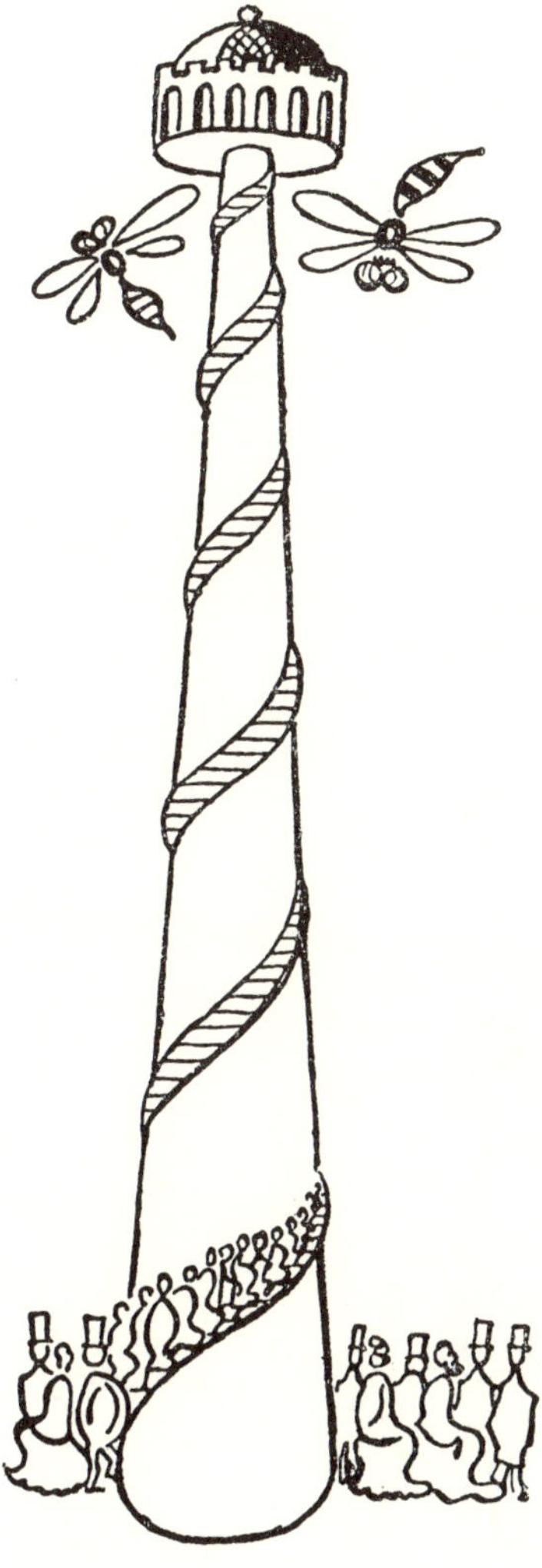

どすようにふりまわしました。そのとき、とびらのところに、金モールや宝石《ほうせき》をぬいこんだ目もあやな礼服《れいふく》の男があらわれ、クマンバチに、「しずかに！」と、命令《めいれい》しました。クマンバチは、その命令《めいれい》をきくと、もとの場所《ばしょ》にもどりました。そのあときらびやかな礼服《れいふく》の男は、使節団《しせつだん》をむかえ、王さまのへやへ案内《あんない》しました。そのへやのすばらしさは、ことばではいいあらわせないほどでした。それは壮大《そうだい》な大広間《おおひろま》で、そのはずれに黄金《おうごん》の王座《おうざ》がおかれ、王さまとおきさきさまがすわっていました。

宮廷儀式《きゅうていぎしき》の習慣《しゅうかん》にしたがい、紳士淑女《しんししゅくじょ》はともに黄金《おうごん》の王座《おうざ》にちかづき、石の床《ゆか》に頭《あたま》を何ども何どもすりつけねばなりませんでした。すると紳士淑《しんししゅく》

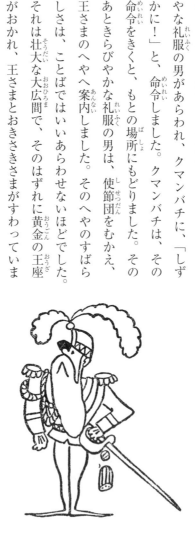

女《じょ》の前に、きらびやかな礼服《れいふく》の男があゆみ出ました。いや、あゆみ出たのではなく、足を高々とあげて、優雅《ゆうが》に手をひろげながら、おどり出たのでした。

王さまは小柄《こがら》でしたが、巨大《きょだい》なおなかとそのなみなならない大口《おおぐち》が、威厳《いげん》をしめしていました。その大口《おおぐち》といえば、まっ黒なごわごわとしたひげでおおわれているのでした。いったん大口《おおぐち》をあけると、大きなするどい歯《は》がたくさん見えました。それは歯《は》ぐきだけではなく、舌《した》にもはえていました。おきさきさまのほうは、ふきげんな顔《かお》をした大女で、背《せ》たけは王さまの二倍《ばい》ほどもあり、鼻《はな》には金の勲章《くんしょう》を飾《かざ》った鼻輪《はなわ》をさげていました。

行列《ぎょうれつ》が黄金《おうごん》の王座《おうざ》にちかづくと、王さまは、その無数《むすう》の歯《は》をキラキラと光らせて、たずねられました。

「わが忠実《ちゅうじつ》なる式部官《しきぶかん》ペーよ、いずこの者《もの》どもをつれてまいったのじゃ？」

式部官《しきぶかん》ペーはこたえました。

「威厳《いげん》高く、慈悲《じひ》ぶかき国王閣下《こくおうかっか》ならびにうるわしく、いつくしみふかきおきさきさま、本日ここにおつれいたしましたのは、忠実《ちゅうじつ》なる民《たみ》、めずらしい贈《おく》り物《もの》を陛下《へいか》に献上《けんじょう》いたしたいと申《もう》しております。」

王さまは、おだやかにほほえまれ、おっしゃいました。

「それはかたじけない。ではその贈《おく》り物《もの》を見せてもらおう。そなたたちが、このいたらぬ王のことを思ってくれたとは、うれしく思うぞ。」

代表団《だいひょうだん》ちゅう、いちばん年輩《ねんぱい》の紳士《しんし》が王座《おうざ》の前にひざまずき、王さまに例《れい》のご夫人《ふじん》の手になるベールをさしあげました。

王さまはベールを手にとるとそれをながめていいました。

「まことにみごとな手芸品《しゅげいひん》じゃ。どうだね、わが忠《ちゅう》実《じつ》なるきさきの考えは？」

おきさきさまは鼻《はな》めがねをかけると、ベールをつかんで、注意《ちゅうい》ぶかくしらべあげてからいいました。

「なんとすばらしい作品《さくひん》！　手芸《しゅげい》学校出のわたしにもできそうもありませんわ。ずいぶん手がかかったことでしょう……」

「わしも気に入ったぞ。」王さまはふかくうなずきました。さっそく、このベールを、よく目につく寝室《しんしつ》にかけさせよう。まいあさそれをながめれば、一日じゅう食欲《しょくよく》がつきないじゃろうからな。」

そういって王座《おうざ》を立つと、このとうとい贈《おく》り物《もの》を献上《けんじょう》にあがった紳士淑女《しんししゅくじょ》たちを注意《ちゅうい》ぶかくながめはじめました。ひとりひとりたんねんにしらべおわると、列《れつ》にならんだ紳士淑《しんししゅく》女《じょ》たちを片《かた》はしからかぎかぎいいました。

「いいにおいじゃ。みななかなかやわらかい肉《にく》をしておるな。もういちど重《かさ》ねて贈《おく》り物《もの》の礼《れい》を申《もう》すぞ。そのお返《かえ》しに、そなたたち一同《いちどう》、この宮殿《きゅうでん》でわしのもとにとどまれるよう、手配《てはい》いたそう。ここではそなたたちののぞむものは、なんなりと手に入れさせよう。じゅうぶん栄養《えいよう》をつけたらわが宮殿《きゅうでん》の調理室《ちょうりしつ》へとおもむくのじゃ。楽《たの》しみにしておるぞ。見かけたところ、そなたたちは、なかなかうまそうだわい。」

陳情団一同《ちんじょうだんいちどう》、へなへなと腰《こし》をぬかして、ただただ王さまにごかんべんをねがうのでした。

しかし王さまはそれには耳もかさず、おきさきと楽《たの》しげにおしゃべりをはじめてしまいました。かわいそうな紳士淑女《しんししゅくじょ》たちは、たちまち兵士《へいし》たちにつかまえられ、手をしばられて、そのまま倉庫《そうこ》へつれ去《さ》られていきました。

そのあと王さまは寝室《しんしつ》のベッドの上にベールをかけさせました。王さまは、家来《けらい》たちがベールをかけるようすをじっとごらんになりました。それからたっぷり夕食《ゆうしょく》をとると、ベッドにおはいりになり、ふかいふかいねむりにつきました。

19

王女ベシエ号船長《ごうせんちょう》、シンデール・ビル

さて、ここでもういちど、エドダントとその仲間《なかま》たちに話をもどしましょう。一行《いっこう》は、オートバイにのりこみ、消《き》えうせたフランチモルの行方《ゆくえ》をたずねて、ひろい世界《せかい》にむけて出発《しゅっぱつ》したという話でしたね。

みんなは、またもやいく日もいく晩《ばん》もひろく遠《とお》い世界《せかい》を旅《たび》しつづけました。エドダントは、食堂《しょくどう》の主人《しゅじん》の話を思いだしながら、旅行者《りょこうしゃ》のための案内図《あんないず》や交通標識《こうつうひょうしき》のある幹線道路《かんせんどうろ》だけをたどって、旅《たび》をつづけました。こうして小学生たちは、いろいろとつらい目にあいながらも、やっとアチコチヒロビロ海《かい》の海岸《かいがん》にたどりつきました。

それはしずかな海で、そよ風ひとつ吹《ふ》かず、その紺《こん》ぺきの海面《かいめん》は鏡《かがみ》のようでした。なだらかな湾《わん》に王女ベシエ号《ごう》は、いかりをおろしていました。その船《ふね》の標識《ひょうしき》は、はるかかなたからもよく見えました。それはがっしりした四本のマストの帆船《はんせん》で、まっ黒にぬられていました。マストのてっぺんからたれた黒旗《くろはた》には、どくろと二本の骨《ほね》の交差《こうさ》したぶきみなしるしが白々《しらしら》と光っていました。

船長《せんちょう》と航海《こうかい》の交渉《こうしょう》をしようと、エドダントは古ぼけた船《ふね》のデッキにのぼりました。船《ふね》にのりこんだ時、エドダントはふと墓場《はかば》のにおいがどこからともなくただよっているのを感《かん》じました。それはどうやらくちた木の葉《は》と油《あぶら》と新鮮《しんせん》な土のにおいでした。ふしぎに思って見まわすとデッキいちめんに灯明《とうみょう》のようなカンテラがとりつけてあり、ちらりちらりと、かすかな光をはなっているのでした。

エドダントは、長いことあたりをぶらぶらしましたが、船員《せんいん》もそれらしい人影《ひとかげ》も見かけません。それでもだれか話をきいてくれる人に出会わないものかと、しばらくは待《ま》ってみましたが、とうとうしびれをきらしたエドダントは、手を口にあててさけびました。

「船長《せんちょう》さーん！　どこですか。シンデール・ビルさーん！　話があるんですよー！」

こうさけんだとたん、船長室《せんちょうしつ》のドアがギーッときしみ、エドダントのまえに、水夫服《すいふふく》の

青白いのっぽの男があらわれました。悲《かな》しげな目でエドダントをじっと見つめながら、しずんだ声でたずねました。

「何か用かね？　だんな。」

「船長《せんちょう》さん、どうぞぼくと小学生たちを、ウヤハルの町までわたしてください。運賃《うんちん》はおいくらでしょう？」

船長《せんちょう》は、うたがわしげにエドダントを見てからたずねました。

「いったいあんたはだれだね？」

エドダントは、じぶんの名まえをいって、「メッザレム王宮食堂《おうきゅうしょくどう》」の主人《しゅじん》からきいてきました、といいました。

船長《せんちょう》は、食堂《しょくどう》の主人《しゅじん》の名まえをきくと、別人《べつじん》のようになりました。

「だんな、そりゃよくおいでくださいました。」

船長《せんちょう》はせきばらいをしていいました。

「ウヤハルまでの運賃《うんちん》は一ハレージュ（一コルナの百分の一）になっとります。」

それからエドダントの顔色《かおいろ》を、じーっとうかがっていましたが、どうやらその顔《かお》におどろいているようすを読みとると、きっとエドダントがひとり分の料金《りょうきん》にしては高すぎると思ったのだと感《かん》じたのでしょう。大いそぎでつけくわえました。

「それはもちろん朝食《ちょうしょく》つきでの話でして。朝食《ちょうしょく》には、コーヒーと三日月《みかづき》ロールパン二つがつきますからな。これ以上安《いじょうやす》くはできかねますよ。だんな、あっしを信用《しんよう》してくださいよ。」

エドダントは、その料金《りょうきん》でまんぞくだといいました。

船長《せんちょう》は、ほっとして首《くび》のうしろをかきました。それからせきばらいをしていましたが、もそもそいいました。

「ところで、もしだんなさまがたが昼食《ちゅうしょく》・夕食《ゆうしょく》・飲《の》みものいっさいまかないつきをご希《き》望《ぼう》なら、ぜんぶでひとり二ハレージュにしておきますが……」

エドダントは、その条件《じょうけん》でやってください、とたのみました。

船長《せんちょう》は、それをきくと、きゅうに陽気《ようき》になって大声でさけびました。

「おい、若《わか》い衆《しゅう》！　全員《ぜんいん》デッキへ集合《しゅうごう》！」

たちまちデッキに船員《せんいん》たちが走り出て、船長《せんちょう》の命令《めいれい》を待《ま》って整列《せいれつ》しました。

船長《せんちょう》がいいました。

「本日、日ぐれを期《き》して、いかりをあげ出帆《しゅっぱん》する。全員部署《ぜんいんぶしょ》につけ。万端《ばんたん》ぬかりなくやるんだ！」

船員一同《せんいんいちどう》は敬礼《けいれい》して、それぞれの持《も》ち場《ば》にちっていきました。

エドダントは船長《せんちょう》と別《わか》れ、小学生たちのところへ出発《しゅっぱつ》の準備《じゅんび》をしに引《ひ》きかえしました。

子どもたちは、この雄大《ゆうだい》で美《うつく》しい船《ふね》にのって、ひろびろした海、まだみんなのうちほとんどが見たこともなかった海をわたるのだときいて大よろこび。デッキを走りまわり、何もかも観察《かんさつ》し、何ひとつとして見のがしませんでした。

船室《せんしつ》ものぞきこみました。船底《ふなぞこ》のへやまではいりました。ところが、そこで何かみょうなものを見つけてしまいました。ふつうなら倉庫《そうこ》になっている船底《ふなぞこ》べやが、お棺《かん》でいっぱいだったのです。どこにもある白木《しらき》の棺《ひつぎ》もあれば、みごとな彫刻《ちょうこく》をほどこした棺《ひつぎ》もあり、色とりどりに飾《かざ》られたもの、中には重々《おもおも》しい亜鉛《あえん》のお棺《かん》までありました。子どもたちは、火のともった、ふといふといロウソクに目を見はりました。床《ゆか》の上には、墓場《はかば》に飾《かざ》る花輪《はなわ》がたくさんおかれていました。

「このお棺《かん》は、いったいなにさ？」子どもたちは、息《いき》をきらせて、つぎからつぎへ船員《せんいん》たちに質問《しつもん》をあびせました。ところが船員《せんいん》たちは、みな肩《かた》をすぼめるだけ。なんとも返事《へんじ》はありません。子どもたちは船長《せんちょう》にもたずねてみました。しかし船長《せんちょう》もただ顔《かお》をくもらせたまま、つと背《せ》をむけてしまうだけでした。

こうなると、ますます小学生の好奇心《こうきしん》は高まるいっぽうです。しかし、なんといっても何より子どもたちの興味《きょうみ》をひいたのは、船底《ふなぞこ》べやの片《かた》すみにおかれた箱《はこ》でした。それは、黒檀《こくたん》の箱《はこ》で、美《うつく》しい浮彫《うきぼ》りがほどこされ、鉄《てつ》の飾《かざ》りがついていました。もっとちかづいてよく見ると、そのふたに、何か文字《もじ》が彫《ほ》りつ

けてあります。

「この木箱《きばこ》の中に宿《やど》れるは、災難《さいなん》なり。これをひらく者《もの》、ことごとく破滅《はめつ》す。みずからの好奇心《こうきしん》をよくおさえ得《え》ぬ者《もの》、絶対《ぜったい》にちかよるべからず。」

子どもたちは船長《せんちょう》をとりかこみ、「船長《せんちょう》さん、あの箱《はこ》の中には、何がはいっているの?」と、しきりにせがんで教《おし》えてもらおうとしました。しかし船長《せんちょう》は、きゅうにおちつきをうしなって、エドダントをよびだしました。エドダントがやってくると、船長《せんちょう》は、「けっして子どもたちをあの箱《はこ》にちかづけてくれるな。」と、つよくつよくたのむのでした。

「まんいち、だれかがあの箱《はこ》をあけでもしてごらん。わたしども全員《ぜんいん》、おしまいですからな。」船長《せんちょう》は、いいわたしました。

「けっして、子どもたちを、あの箱《はこ》にちかづかせません。」エドダントはそう誓《ちか》いました。子どもたちも、「けっしてあのなぞの箱《はこ》のことを気にしません。」といって、指《ゆび》きりをして約束《やくそく》しなければなりませんでした。

しかし、たったひとり、それのできない男の子がいました。何をしていても、どこにいても、頭《あたま》からあの箱《はこ》のことがはなれません。いったい中に何がはいっているんだろう。その男の子は、すこしでもスキを見ると、こっそりみんなのところを抜《ぬ》けだして、船底《ふなぞこ》へ出かけていきました。そこでなぞの箱《はこ》をじっと見つめ、それからふたをなでながら、くりかえし注意書《ちゅういが》きの文字《もじ》を、一語《ご》一語《ご》よんでみるのでした。

この男の子は、シマンドル・ボイチェフといって四年B組の生徒《せいと》でした。シマンドルくんのことは、これからもまたお話しすることになるでしょう。

20

ハラデルブム王、痛《いた》がる

まっくらな夜です。メッツザレム人《じん》の王、および全《ぜん》「残忍国《ざんにんこく》」国民《こくみん》の王、ハラデルブム高《こう》潔王陛下《けつおうへいか》は、蒸気《じょうき》のこぎりのような大いびきをかきながら、ベッドに横《よこ》たわっています。そのわきのベッドには、うるわしのブルバンバおきさきもおやすみです。おなじくいびきをかいておりましたが、さすがはご婦人《ふじん》、それはかすかで、優雅《ゆうが》なものでした。

芸術《げいじゅつ》のかおり高い手芸品《しゅげいひん》が、王さまのベッドの上に飾《かざ》られ、王さまのおへやをひときわひきたたせていました。このベールの中には、わたしたちのフランチモルもまっかな花の姿《すがた》となって、ぬいこまれているのでした。そしてそのベールの中の居心地《いごこち》の悪《わる》いこと悪《わる》いこと。フランチモルはなんとかして、このとらわれの身《み》からのがれ出ようと、せいいっぱい努力《どりょく》しました。

ウヤハル市《し》の大寺院《だいじいん》の塔《とう》から、ちょうど真夜中《まよなか》を告《つ》げる鐘《かね》が鳴《な》りわたった時でした。フランチモルは、ついにこのベールからの脱出《だっしゅつ》に成功《せいこう》しました。床《ゆか》にぴょんとおりると、まずじぶんのすっかりちぢみきってしまった手足を思いきりのばしました。

あたりは、まっくらです。フランチモルは、いったいじぶんがどこにいるのかさえ、わかりません。フランチモルは、ただどこか横《よこ》になれるやわらかな場所《ばしょ》をさがしました。手には、しっかりと旅行《りょこう》かばんをにぎりしめて、やみの中を手さぐりですすみました。そして、王さまがおやすみちゅうのベッドの上にはいのぼりました。そこには王さまの大きな口が、あけっぱなしになっていました。フランチモルは、てっきりひらいたとびらの中にはいっていくのだと思いながら、この穴《あな》の中にはいこみました。ただ、いやにこのとびらは、じめじめとして、あたたかいな、と思いながら。

王さまの口の中へはいこむ時、フランチモルは王さまの口の中をうっかりくすぐってしまいました。王さまは夢《ゆめ》うつつで、ごくりとつばをのみこんだからたまりません。フランチモルは、いなずまの速《はや》さで、たちまち食道《しょくどう》を通《とお》りぬけると、胃《い》の中へすべりおちてしま

いました。最初《さいしょ》びっくりしましたが、すぐ気をとりなおし、おちたひょうしにどうもしなかったかと手足をなでてみました。何ごともなかったとわかると、フランチモルはさっそく手持《ても》ちの旅行《りょこう》かばんをあけ、寝《ね》どこの用意《ようい》にかかりました。旅行《りょこう》かばんから、まず野宿《のじゅく》用《よう》ベッドをとりだすと、それを組み立て、ふとんをしきました。

王さまは、ねむったまま、あっちからこっちへ、こっちからあっちへ、ねがえりを打《う》ちながら大声でうめくのでした。

おきさきのブルバンバは、ひじで夫《おっと》の王さまをつついて、不平《ふへい》を鳴《な》らしました。

「あなた、わたしの王さまのあなた、いったいどうなさいました？　そうひっきりなしにおさわぎでは、こちらは、さっぱりねむられませぬ！」

国王陛下《こくおうへいか》は目をさまし、うなりました。

「おまえ、わしのきさき、わしの妻《つま》よ、わしの胃《い》の中で何かがゴチョゴチョなって、気分がわるくてたまらない。ああいたっ！　ああいたっ！」

「おしずかに！」おきさきは、王さまをどなりつけました。「でないとお城《しろ》じゅうのスキャンダルになりますよ！」

「ああいたっ！」王さまは、絶叫《ぜっきょう》しました。「こりゃいたい！　まるでだれかがわしの胃《い》をキリでさしているようだ。」

「ごらんあそばせ！　わたし、申《もう》しあげましたでしょう。あの弁護士《べんごし》をたべるのは、おやめあそばせって。夜食《やしょく》には重《おも》すぎますって。ふとったのは、いっさいだめだってこと、ごぞんじのはずでございましょ。わたしの申《もう》すことをおききにならぬから、こういうことになるのでございます……」おきさきは、王さまをののしりました。

「ああいたっ！　ああいたっ！」王さまは身《み》をよじって苦《くる》しがりました。

「どうぞおしずかに。ひと、ひとをねかせてくださいったら！」うるわしのおきさきは、夫《おっと》をどなりつけるのでした。

王さまは、何か口の中でつぶやくと、頭《あたま》を枕《まくら》にすりつけ、目をつぶりました。

こうしている間《あいだ》も、フランチモルは、できるだけ居心地《いごこち》よくしようと、王さまの胃《い》の中をあれこれととのえました。まず懐中電灯《かいちゅうでんとう》をつけてみました。しかし電池《でんち》がなくなっていることがわかりました。フランチモルは、たいへん用心《ようじん》ぶかかったので、そんな時のために、ロウソクを準備《じゅんび》してありました。

ロウソクに火をつけて、それを枕《まくら》もとの小机《こづくえ》の上にのせました。それからロウソクの火があたりを照《て》らしだすと、じぶんの新《あたら》しいすまいを見まわしてみましたが、まわりのようすを見て、すっかり気分がわるくなってしまいました。へやじゅう、食《た》べもののたべのこしが、ごろごろしているのでした。

「なんて掃除《そうじ》がゆきとどいているんだろう！」不満《ふまん》そうに口の中でつぶやきました。

このとき、フランチモルのへやがぐらぐらとゆれ、フランチモルはいまにもころびそうになりました。

王さまがベッドからとびおりたからでした。むりもありません。王さまの胃《い》の中ではロウソクがもえているのですから。王さまは、おなかをおさえ、泣《な》きわめきながら、へやじゅうを、のたうちまわりました。

おきさきさまは、またもや目をさまされてしまいました。

「もうがまんなりませぬ。こんなひどい目にあうきさきが、どこにありましょう。やっと目を閉《と》じたと思えば、またさわぎだす。こんな人といっしょにくらすなんて！」おきさきは、そういうと、またまた王さまをののしりました。

「おおいたっ！　おおいた！　まるで胃《い》の中が火事《かじ》のようだ！」王さまは泣《な》きさけびました。

おきさきが呼《よ》び鈴《りん》を鳴《な》らすと、ただちに召使《めしつか》いがあらわれました。

「クレオソートロンや。」おきさきは、なさけない声でいいました。「さ、むかいの薬屋《くすりや》へいって、胃《い》の痛《いた》みどめの水薬《みずぐすり》を買《か》ってきておくれ。王さまはご気分がお悪《わる》いの。何か悪《わる》いものを召《め》しあがったにちがいない。」

フランチモルのほうは、へやをかたづけようと思いました。すべて、きちんと整《せい》とんしないうちは、寝《ね》どこにはいりたくなかったのです。そこで、さっそく旅行《りょこう》かばんから、たわしをとりだすと、床《ゆか》をごしごしやりはじめました。それからごみをちりとりに集《あつ》め、へやの片《かた》すみによせておきました。

「きっと朝、女中《じょちゅう》さんが持《も》っていってくれるだろう。主人《しゅじん》には、あまりきたなすぎるじゃないか、と、小言《こごと》をいっておこう。」

フランチモルが力いっぱいたわしで床《ゆか》をこすっているあいだ、王さまは声をかぎりに悲《ひ》鳴《めい》をあげて、へやじゅうをとびまわりました。

「胃《い》の中がヒリヒリしてたまらない！　ああ、なんともいえぬほどひどくヒリヒリする！」王さまはうめきます。

おきさきは、王さまがとんだりはねたりしているようすを見て、不安《ふあん》になりはじめました。

「何かやまいでないといいけれど。」おきさきは心配《しんぱい》しました。「いったいクレオソートロンは、どうしたのだろう？　薬《くすり》がうまく手にはいらないのかしら。よくってよ、あの大ばか者《もの》、耳を引《ひ》きちぎってくれるから。」

フランチモルは、へやが船室《せんしつ》のようにゆれるのをふしぎに思いました。それでも、ともかく仕事《しごと》をおわると、ベッドに横《よこ》になって、ねるまえのいつものくせで何か読もうと、本をとりました。

そこへ召使《めしつか》いクレオソートロンが、胃薬《いぐすり》をタライに入れてもどってきました。

「どこをぐずぐずしてたの、この風来坊《ふうらいぼう》！」おきさきは、どなりつけました。「わたしは、心配《しんぱい》で死《し》にそうだった。からだじゅうぐあいが悪《わる》くてたまらない。わたし、病気《びょうき》にでもなるんじゃないかしら。うちの王さまのことだけで、頭《あたま》がへんになりそうだというのに、この無礼者《ぶれいもの》ときたら、どこかをうろうろふらついているんだから！」

「かぐわしき、うるわしきおきさきさま。」召使《めしつか》いはべんかいしました。「どうしようもなかったのでございます。薬屋《くすりや》という薬屋《くすりや》、すべてしまっておりました。わたくしは、この町でただ一軒《けん》夜もひらいている町はずれの薬屋《くすりや》まで、走ってまいったのでございます。」

「おだまり、さ、薬《くすり》をおよこし！」おきさきは命《めい》じました。

召使《めしつか》いは、いわれたとおり、おきさきに水薬《みずぐすり》のはいったタライをわたしました。

「あなた、口をおあけなさいまし。」おきさきは、夫《おっと》にいいつけました。

「ああいたっ！　ああいたっ！」王さまはこたえました。

「どうぞ、とうときお口をおあけなさいますよう。」召使《めしつか》いは、苦《くる》しがる王さまに、やさしくいいきかせるのでした。「そこにお薬《くすり》をおそそぎいたします。そうすれば、たちまち王さまのとうとき御胃《おんい》は、もとどおりにおさまることでございましょう。」

王さまは、いうことをきいて、口をひらかれました。おきさきは、召使《めしつか》いの手を借《か》りて、王さまの口に水薬《みずぐすり》をそそぎました。

王さまは、のみこんでから、「少々おさまったようじゃ。」と、いいました。

フランチモルはベッドに横《よこ》たわって、本を読んでいました。その時、上のほうから、つめたい水がざーっとふりかかってきて、ロウソクの火が消《き》えてしまいました。あたりはまっくらになりました。

「なんとごりっぱな宿屋《やどや》だろう！　屋根《やね》は穴《あな》だらけ、へやにまで雨《あま》もりするなんて。この客《きゃく》のあしらいの悪《わる》さを新聞《しんぶん》に投書《とうしょ》してやるぞ！」フランチモルは、ぶつぶついいながら、ベッドからおり、くらやみの中でズボンを手さぐりして、マッチをさがしました。マッチ箱《ばこ》が見つかったので、またロウソクに火をつけました。

うとうととしかかった王さまは、ベッドからはねおりました。

「ああいたっ！　ええいっ！　また火がついたようだ！　ああもうがまんできぬ！　わしはもう気がへんになってしまうぞ！」

「気がへんになるのは、あなたではなく、わたしのほうでございます！」おきさきは、不平《ふへい》を鳴《な》らしました。「いったい、どこのきさきが、こんなくらしをしているというのです？……そうですとも、どんなきさきとて、こんなくらしは、がまんならないにきまってますとも！」

「ああ、いた、いたい。うえーいたいっ！」

おきさきは呼《よ》び鈴《りん》を鳴《な》らして、クレオソートロンをよびだしました。

召使《めしつか》いがやってくると、さっそく命《めい》じました。

「医者《いしゃ》のケスビムをおこして、ここにつれてまいれ。なんとりっぱな侍医《じい》ではないか！　こんな悲劇《ひげき》のまっさいちゅうに、ゆうゆうとねむっているなんて！　給料《きゅうりょう》だけは、とるだけとって、仕事《しごと》のほうはさっぱり。さ、あれに至急《しきゅう》くるように、おいい。こなかったら竹の棒《ぼう》で百回《かい》、おしおきだとね！」

召使《めしつか》いは、おきさきのいいつけをはたそうと走り出ていきましたが、まもなく、医者《いしゃ》のケスビムをつれてもどってきました。医者《いしゃ》は廊下《ろうか》を走りながらも、まだうわっぱりのボタンをはめたり、洋服《ようふく》をなおしたりしていました。医者《いしゃ》のケスビム氏《し》は、まじめで、学問《がくもん》のある人でした。この王国《おうこく》じゅうで、医者《いしゃ》としては最高《さいこう》の地位《ちい》にあり、ケスビム氏《し》の診断《しんだん》は、法律《ほうりつ》とおなじ効力《こうりょく》を持《も》っているのでした。国王《こくおう》の敬愛《けいあい》を一身《いっしん》に受《う》け、黄金《こがね》づくりの歯《は》抜《ぬ》き

用《よう》やっとこを、高い地位《ちい》の象徴《しょうちょう》として、絹《きぬ》のリボンで首《くび》につることを許《ゆる》されていました。

名高い医者《いしゃ》は、王さまに巨大《きょだい》なお舌《した》をお出しになるようにいいました。それから考えぶかげに脈《みゃく》をとり、そしていいました。

「わたしの診断《しんだん》と星《ほし》のめぐりのしめすところによりますれば、これは小《しょう》クリアーリウム・オナカールム症以外《しょういがい》の何ものでもございません。このやまいは、わが国の気候条件下《きこうじょうけんか》では、しばしば発生《はっせい》いたすものでございまして、ご憂慮《ゆうりょ》にはおよびません。わたしの医術《いじゅつ》でたちまちこのしつような痛《いた》みを追《お》いはらってごらんにいれます。」

医者《いしゃ》は、めがねをかけ、処方箋《しょほうせん》をしたためました。召使《めしつか》いのクレオソートロンがそれを持《も》って薬局《やっきょく》へと走りました。

王さまは、ベッドにすわって、ビール腹《ばら》をおさえながら、苦《くる》しげにあえいでいます。

「おおいたっ、おおいたっ……もう二どとあぶらのつよい肉《にく》は、たべないぞ。わがおそれおおき御胃《おんい》には悪《わる》いようじゃ……」

おきさきと医者《いしゃ》は、あらゆるちえをしぼって、王さまをなだめました。だれもかれも召《めし》使《つか》いが薬《くすり》を持《も》って帰《かえ》ってくるのを、今か今かと待《ま》っていました。

21

シマンドルくんのいたずら

ほこり高き王女ベシエ号《ごう》は、紺《こん》ぺきの海を、一路水平線《いちろすいへいせん》のかなたの港《みなと》にむかって、どうどうとすすんでいました。子どもたちはデッキの手すりによりかかって、波《なみ》のうねりをながめたり、船《ふね》を追《お》ってくる魚《さかな》たちを観察《かんさつ》したりしていました。魚《さかな》たちは、デッキから小さな食《た》べもののかけらがおちてくるのを待《ま》っているようすです。白いカモメたちが、マストをめぐってまいながら、楽《たの》しげに遊《あそ》んでいます。エドダントは、みんなからすこしはなれたところに、じっとすわりこんだまま、弟《おとうと》フランチモルのことを考えつづけるのでした。いったいどこにくらしているのだろう。今ごろ、どんな目にあっているのだろうか、と。

そんなわけで、エドダントは、子どもたちの中に四年B組のボイチェフ・シマンドルの姿《すがた》が見あたらないことなど、ぜんぜん気がつきませんでした。

ではシマンドルくんはどこにいるのかって？　あの子は、ほかの子どもたちといっしょに海を見ているのに、がまんできなくなったのでした。いつもぐるぐると考えがかけめぐり、じっとこしかけていることさえできません。それで船員《せんいん》たちのあとをついてまわりながら、帆《ほ》を調節《ちょうせつ》するところなどをながめたり、かじとりの仕事《しごと》を観察《かんさつ》したり、デッキの掃《そう》除《じ》をしている船員《せんいん》たちの仲間《なかま》にはいったりしてみました。船《ふね》の料理室《りょうりしつ》にもおりてみました。そこではコックさんが、みんなのお昼《ひる》のしたくをしていました。シマンドルくんは船員《せんいん》たちになんとか話しかけようとつとめました。そして「あの箱《はこ》の中には、何がはいっているの？」「あの箱《はこ》のふたに彫《ほ》ってある文句《もんく》は、どんな意味《いみ》なの？」と、たずねてみたくてたまらないのでした。

しかし、船員《せんいん》たちは、黙々《もくもく》と仕事《しごと》にはげむばかりで、シマンドルくんの質問《しつもん》にこたえてはくれません。

シマンドルくんは、みんながほかのことに気をとられる瞬間《しゅんかん》を、しばらくうかがっていました。それから、そっと船底《ふなぞこ》べやにしのびこみました。なぞの木箱《きばこ》はそこにあって、たちまちシマンドルくんの注意《ちゅうい》を引《ひ》きつけました。ロウソクのかすかな光線《こうせん》の中で、木箱《きばこ》に手をふれると、あちこちひっくりかえしてながめました。しかし船長《せんちょう》の警告《けいこく》を思いだすと、シマンドルくんはあける勇気《ゆうき》だけはどうしても出ませんでした。

もうそろそろあきらめて、もどろうとした時でした。どこからか、かぼそい声がきこえてきました。

「あけてごらん！　あけてごらん！」

シマンドルくんは、あたりを見まわしました。しかしだれも見えません。そら耳だな、と思いながら、船底《ふなぞこ》べやのとびらのほうに五、六歩《ぽ》ちかづくと、またかぼそい声がきこえました。

「あけてごらん！　あけてごらん！」

シマンドルくんは声のするほうを見つめました。おどろくべきものが目にとまりました。お棺《かん》のふたが一つ持《も》ちあがって、その中から、うすきみわるいがいこつの頭《あたま》が、ちらちらとのぞいているのです。その頭《あたま》は、ほおをぴくぴく動《うご》かしていました。「木箱《きばこ》をあけてごらん。」と、シマンドルくんをゆうわくする声は、その、歯《は》をむきだした口からきこえてくるのでした。

「こわがることはないよ。さ、箱《はこ》をあけてごらん！」がいこつは、そうさそいました。シマンドルくんは、にげだしたいと思いました。しかし、がいこつのことばが、シマンドルくんを引《ひ》きとめるのです。

「ばかだねえ。わたしは、おまえに害《がい》はくわえないよ、できないんだよ。わたしは死人《しにん》だからね。さ、箱《はこ》をあけてごらん！」

「だって、とめられてるんだ。」シマンドルくんは、ためらいました。

「わたしが許可《きょか》するよ。さ、箱《はこ》をおあけ。おもしろいことがおこるよ。」

シマンドルくんは、ついに負《ま》けました。とうとう箱《はこ》にちかづくと、ふたを持《も》ちあげました。

どうでしょう！　箱《はこ》から細《ほそ》いゆげがひとすじ、ゆらゆらと立ちのぼりました。そのゆげは、船底《ふなぞこ》べや全体《ぜんたい》をぐるぐるまわり、窓《まど》をすりぬけ、外へ出ていきました。それから天へとのぼり、すんだ青空で灰色《はいいろ》の雲となりました。

シンデール・ビル船長《せんちょう》は、その雲に目をとめると、まさかというようすで、船《ふね》の双眼鏡《そうがんきょう》

にとびついてしらべはじめました。

木箱《きばこ》からは、たえずゆげがまきのぼり、たえず天へ天へとのぼっていきました。いっぽう、棺桶《かんおけ》という棺桶《かんおけ》が動《うご》きだし、その中から、がいこつがはいだしてくるのでした。

がいこつたちが手足を動《うご》かすガチャリ、ガチャリという音が、船底《ふなぞこ》べやいっぱいにひびきわたりました。

ついに、がいこつたちは、全員《ぜんいん》お棺《かん》から出そろいました。そこで手に手をとって輪《わ》をつくると、おそろしさにふるえているシマンドルくんのまわりで、おどりはじめました。

空には雨雲《あまぐも》がむくむくとひろがり、風も出てきました。マストは大風が吹《ふ》くたび、松《まつ》の木のようにぎしぎしうなりました。

船底《ふなぞこ》べやの中は、これまた大さわぎでした。がいこつたちがはねまわり、とびあがっては、手足をパッとひらくのです。

船長《せんちょう》は船底《ふなぞこ》のさわぎをきくと、「ああ神《かみ》さま！　だれかが嵐《あらし》をにがしてしまった！」と、さけびました。

船長《せんちょう》が──そのあとを追《お》って不安《ふあん》にかられたエドダントが、船底《ふなぞこ》につづくらせん階段《かいだん》を大いそぎで走りおりていきました。そこでふたりが見た光景《こうけい》、それはなんとおそろしかったことでしょう……。がいこつたちがふたりずつ組になって、フォックストロットやブルース、タンゴをおどり、ほかのがいこつたちが、サクソフォンやオーボエやクラリネットやそのほかいろいろの楽器《がっき》で伴奏《ばんそう》をしているところでした。床《ゆか》にはシマンドルくんがすわったまま、じぶんのしでかしたことのおそろしさにふるえながら、はげしく泣《な》きじゃくっているのでした。

がいこつたちは、笑《わら》いながら歓声《かんせい》をあげていました。

「ヘッヘッ！　ヘッヘッ！　おいらは死人《しにん》。ほかのやつらも、もうすぐ死人《しにん》！」

船長《せんちょう》は、手を組みあわせて、悲《かな》しみに打《う》ちひしがれていました。

「ああ、もうみんなおしまいだ！」

こうしているまも、黒い雲は、空全体《そらぜんたい》をおおいつくしていきます。風はしけに変《か》わり、船《ふね》をマッチ箱《ばこ》のようにゆすぶるのでした。

子どもたちは波《なみ》にさらわれて、海の中へ引《ひ》きこまれないように、わなわなとふるえながら、手すりにつかまっていました。空を見あげると、黒い雲は目を火のようにもやし、口を炎《ほのお》のようにかがやかせて、いなずまをはきだしているのでした。

「ウウーウー！　ハーハー！」嵐《あらし》はうな

りました。「わたしは、つよいつよい嵐《あらし》の女王、ビューラララー、森羅万象《しんらばんしょう》ぶちこわしてくれる！」

船長《せんちょう》は天に手をさしのべ、「おそれおおきビューラララーさま、どうぞお許《ゆる》しを。」と、ひれふしてお願《ねが》いするのでした。

「ハッハー！」嵐《あらし》は笑《わら》いとばしました。「いまさらお願《ねが》いとは、かわいそうなウジムシめ！……それならこの二百年、わたしをあの箱《はこ》に閉《と》じこめたのは、だれかいってごらん！」

「おそれおおきビューラララーさま、どうぞお許《ゆる》しを！」船長《せんちょう》は泣《な》き泣《な》きたのみました。

すると嵐《あらし》の女王がこたえました。

「わたしはすべての嵐《あらし》の支配者《しはいしゃ》。わたしは、暴風《ぼうふう》、台風《たいふう》、つむじ風、たつまき、それに吹雪《ふぶき》の女王じゃ。わたしはおまえどもの船《ふね》を、こっぱみじんに吹《ふ》きとばしてやる。わたしを、かくも長く閉《と》じこめてくれたお礼《れい》に、船《ふね》のかけらものこらないほどに、こなごなにしてしまおう！」

そういって、ふいにつよい息《いき》をはきだしました。船《ふね》は大ゆれにゆれました。雲はいなずまを投《な》げつけました。

船長《せんちょう》はじめ船員《せんいん》たち全員《ぜんいん》ひざまずくと、祈《いの》りのことばも、呪《のろ》いのことばもごちゃまぜにして、大あわてで天にむかって祈《いの》るのでした。みな、もうのこったいのちもわずか、まもなく荒《あ》れくるう海のえじきになることを知っていました。

ただひとり、冷静《れいせい》に考えることを忘《わす》れなかったのは、あのエドダントでした。エドダントは、船《ふね》にたいへんな危険《きけん》がせまっているのを察《さっ》しました。あの悪者《わるもの》の嵐《あらし》が、今にも小学生や船長《せんちょう》のいのちをうばうことだってできるのだ、と。

エドダントは考えました。もしやおかあさんのバーバラばあさんから、この悪《あく》らつな嵐《あらし》を、ぴしりとやってやるおまじないをきいたことはなかったかな。しかし残念《ざんねん》なことに、そういう魔術《まじゅつ》は一つとして思いだすことができませんでした。というのは、バーバラばあさんは、災害《さいがい》をおこすほうのおまじないこそ知りつくしていましたが、災害《さいがい》を追《お》いはらうためのおまじないなぞ、何ひとつ知りませんでしたから。

エドダントは考えに考えました。エドダントは、なかなかのアイディア・マンでしたから、ついにすばらしい考えを思いついたのでした。

エドダントはポケットから懐中電灯《かいちゅうでんとう》をとりだしました。そして懐中電灯《かいちゅうでんとう》を持《も》ったほうの手を高くさしあげると、あばれ放題《ほうだい》の嵐《あらし》によびかけました。

「つよいつよいビューラララー女王さま！　あなたさまは、あらゆる台風《たいふう》、大風の上に立たれるおかた、あなたにおできにならぬことは、ほとんどないということをよくぞんじております。とはいえ、何もかもおできになるわけではありますまい！」

「ハッハッ！　わたしに何ができぬというのか？」

「たとえばでございます。」エドダントはつよくいいました。「この炎《ほのお》はお消《け》しになれますまい？」そういって嵐《あらし》に、あかりのついた豆電球《まめでんきゅう》をさししめしました。

「見てるがいい！」ビューラララーは大いばりで、エドダントがたおれんばかりつよく息《いき》を吹《ふ》きかけました。

豆電球《まめでんきゅう》は消《き》えませんでした。

「あなたはおつよくない。ビューラララーさま、ごらんなさい。まだ炎《ほのお》はもえつづけております。」

嵐《あらし》は、エドダントがころがってしまうほど、力いっぱい吹《ふ》きつけました。それでも豆電《まめでん》球《きゅう》は消《き》えません。

「どうです。つよいつよい女王さま、まだまだ炎《ほのお》はもえていますよ！」

「このわたしともあろうものが、もしあのちっぽけな炎《ほのお》を吹《ふ》き消《け》せないとしたら、さぞかし痛快《つうかい》だろう。」嵐《あらし》はふきげんになって、力のかぎり豆電球《まめでんきゅう》に息《いき》を吹《ふ》きつけました。

船《ふね》はその大風の力で、今にも横《よこ》だおしになるところでした。しかし、豆電球《まめでんきゅう》は、それでもこうこうとかがやいています。

「どんなもんです？　だからぼくが、この炎《ほのお》を吹《ふ》き消《け》すことはできないって、いったでしょう。」

嵐《あらし》はすっかりいらいらしてしまい、船《ふね》は卵《たまご》のからのようにゆれています。

「なんてふしぎな炎《ほのお》だろう。このわたしに消《け》すことができないなんて。」

「申《もう》しあげましょう。あまりつよく吹《ふ》きすぎるからこの炎《ほのお》は消《け》せないんです。この小さな炎《ほのお》を消《け》すには、もっともっと小さくなって、そうっと風を吹《ふ》かせなければ、だめなんです。」

ビューラーは、しばらく思案《しあん》していましたが、ひとりごとをいいました。

「ひょっとすると、そんなことかもしれない。やってみることにしよう。」

黒雲は、ちょうどじゅうたんのようにぐるぐると、じぶんのからだをまきはじめ、とうとう小さな小さな毛糸の玉ほどになってしまいました。

その小さな毛糸の玉は、エドダントのほうにおりてきて、懐中電灯《かいちゅうでんとう》の豆電球《まめでんきゅう》に、そよそよと風を吹《ふ》かせました。

エドダントは、この小さな毛糸の玉がすぐそばまできたところで、どんどんあとずさりをはじめ、船底《ふなぞこ》へむかっていきました。毛糸玉のようなビューラララーが、ころころとエドダントについていきます。

エドダントは、ふたのひらいた木箱《きばこ》にちかづくと、その中に懐中電灯《かいちゅうでんとう》をおきました。ビューラララーは、懐中電灯《かいちゅうでんとう》を追《お》って、箱《はこ》の中まではいこむと、豆電球《まめでんきゅう》をそっと吹《ふ》きはじめました。

この瞬間《しゅんかん》、エドダントは、目にもとまらぬ速《はや》さで、ふたをバターン。箱《はこ》のかぎもかけてしまいました。おそろしい嵐《あらし》は、またとらわれの身《み》となってしまったのです。嵐《あらし》は箱《はこ》の壁《かべ》をたたいてさけびました。

「ほーい、あけておくれ！　ほら、もうあの炎《ほのお》を吹《ふ》き消《け》してしまいましたよ！」

エドダントは、アカンベーをしていいました。

「しめしめ！　もといた場《ば》所《しょ》にのこるんだよ。そこで夕立でもふらせたいだけ、ふらせているんだね！」

嵐《あらし》は、一生《いっしょう》けんめいお願《ねが》いしたり、ねこなで声を出したり、泣《な》きわめいたりしたあげく、きっとおとなしくして、もうだれにも悪《わる》いことはしないから、と約束《やくそく》までするのでした。

しかし、エドダントは約束《やくそく》させませんでした。エドダントばかりでなく、だれもかれも、悪《わる》い嵐《あらし》がもういちど、かぎのかかった箱《はこ》に閉《と》じこめられ、もうだれにも悪《わる》いことができないと知って大よろこびでした。

ふたたびまぶしい太陽《たいよう》が大空に照《て》りわたり、海はかすかにさざめくばかり。だれもかれも陽気《ようき》になっている中で、ただ船長《せんちょう》だけが泣《な》いているのでした。

「船長《せんちょう》さん、どうして泣《な》くんですか！　もう危険《きけん》はさけられたんですよ。」エドダントはたずねました。

「泣《な》かずにはいられない。それには、こんないいつたえがあってね。」シンデール・ビル船長《せんちょう》はこたえました。

「どんないいつたえがあるんですって？」

「その伝説《でんせつ》によれば、昔《むかし》、ビルという名の船長《せんちょう》がおった。ビルは海がきらいだった。嵐《あらし》がこわいというのだ。それはそれはこわいのだと。だから港《みなと》の食堂《しょくどう》にすわってるほうがすきだったんだと。

ある時、ビルのところへ、ふしぎな男がちかづいてきた。黒ふくめんのその男がいうには、『じつは、わたしはあんたが嵐《あらし》をこわがってると耳にした。わたしは嵐《あらし》をとりおさえる力をもっている。それを使《つか》えば、あんたの航海《こうかい》はいつも安全《あんぜん》だ。嵐《あらし》を閉《と》じこめて、あんたにさしあげるとしよう。それにはたった一つ条件《じょうけん》がある。』ビルは、がまんできずにたずねた。『で、その条件《じょうけん》とは？』『その条件《じょうけん》とは、あんたがわたしとわたしの仲間《なかま》たちをいつもじぶんの船《ふね》にのせておいてくれることだ。』『そんなこと、お安《やす》いご用《よう》。』ビルはそうさけんで、黒ふくめんの男と約束《やくそく》をかわした。なぞの男は、注意書《ちゅういが》きのついた木箱《きばこ》を、ビルに手わたした。この時以来《いらい》、ビルはいつもその船《ふね》であちこち航海《こうかい》したが、いつも棺桶《かんおけ》を運《はこ》んでいる。ざっとこんな伝説《でんせつ》ですよ。」

「そのビルというのは、だれのことです?」エドダントはたずねました。

「わたしは二百年まえ、そういう名まえだった。その事件以来《じけんいらい》、シンデール・ビルとよばれるようになったのだよ。わたしは呪《のろ》われの身《み》だ。世界《せかい》のはてまで、この聖《せい》なる地上で罪多《つみおお》くして平安《へいあん》を見いだせなかった呪《のろ》われたがいこつたちを、つれてまわらなければならないのだ。」

そういって目をぬぐうと、船長《せんちょう》は悲《かな》しそうに、いい足しました。

「ところで、その伝説《でんせつ》のおわりはこうなっているんだ。もしだれか好奇心《こうきしん》のつよい者《もの》が箱《はこ》をあけて嵐《あらし》を外へ出した瞬間《しゅんかん》、わたしの呪《のろ》いがとかれて、もうがいこつのおともをしなくてすむようになる。だが、ただその時は船《ふね》がしずんで、わたしは波《なみ》にのまれて死《し》んでしまうってわけなんだ。どうしようもないってことですよ。」

エドダントはこの話をおもしろくきいてから、頭《あたま》をふっていいました。

「つまり船長《せんちょう》さん、あなたはどっちみちいいことないってわけですね。こんな伝説《でんせつ》、なんの足しにもなりませんね。」

22

エドダントとフランチモルの幸運《こううん》な出会い

とうとう忠実《ちゅうじつ》な召使《めしつか》い、クレオソートロンが、王さまにさしあげる粉薬《こなぐすり》の袋《ふくろ》を肩《かた》にかついで、薬屋《くすりや》からもどってきました。

おそれおおきハラデルブム陛下《へいか》は、その偉大《いだい》なる口をおひらきになりました。医者《いしゃ》のケスビムは、召使《めしつか》いの手を借《か》りて、内臓《ないぞう》のおくふかく薬《くすり》をそそぎこみました。

フランチモルは、もうねむりにおちていました。と、そこへまっ白な粉薬《こなぐすり》がたくさんふってきたからたまりません。頭《あたま》から、いやというほどかぶってしまいました。

「こりゃひどい！　こんな時に雪になって、その上ぼくのベッドにまでふりこんでくるなんて。ま、待《ま》て待《ま》て、ご主人《しゅじん》さん、朝になってごらん、あんたにひとつじっくりお小言《こごと》

をいわせてもらいますよ！」フランチモルはさんざん文句《もんく》をいいました。
不平《ふへい》をいいながらベッドからおきあがると、旅行《りょこう》かばんからこうもりがさを出し、それをひらいて、この雪の災難《さいなん》から身《み》を守《まも》ろうと、その下にかくれました。
それはまた、とくべつ大きなこうもりがさで、そのとがったさきが王さまの胃《い》をつつくのでした。王さまはとびあがると、傷《きず》を負《お》ったライオンのように、わめきたてました。目をまんまるにして、医者《いしゃ》を追《お》いかけまわしながらさけびました。
「このなさけないさぎ師《し》め！　わしを毒殺《どくさつ》しようというのだな！　粉薬《こなぐすり》をのんだら、まえよりずっとひどくなったではないか！」

「国王陛下《こくおうへいか》……」かわいそうな医者《いしゃ》は、つかえつかえいいました。「この薬《くすり》は、内臓《ないぞう》のやまいに何よりよくきくのでございます……。しばらく、ほんのしばらく、ごしんぼうください。すぐお楽《らく》になりましょう!」

しかし、よくなるばかりか、悪《わる》くなるいっぽうでした。かわいそうに、フランチモルはねむれないまま、王さまの胃《い》の中をこうもりがさをさしさし、いったりきたり。こうして朝を待《ま》ったのでしたから。

王さまは、痛《いた》みですっかり腹《はら》を立てて、医者《いしゃ》に罪《つみ》として、また見せしめのために、刑《けい》をいいわたしました。「南京袋《なんきんぶくろ》にあいつをぬいこんで、城壁《じょうへき》の上から湖《みずうみ》に投《な》げこんでしまえ。」と、命《めい》じたのです。それは、そのまま実行《じっこう》され、気のどくなお医者《いしゃ》さんのからだは、たちまちどうもうな魚《さかな》たちのえじきとなって、くいちぎられてしまったのです。

こうしたからといって、王さまの病気《びょうき》がよくなるものではありません。それどころか、ぎゃくに悪《わる》くなるいっぽうでした。王さまの胃《い》の中にいるフランチモルがじっとしていられず、なんとかしてこの不愉快《ふゆかい》なすまいから抜《ぬ》けだそうと、あれやこれやためしていたからです。王さまはなんとかやまいをなおそうと、つぎからつぎに新《あたら》しい医者《いしゃ》たちをベッドにおよびよせました。しかし、どのお医者《いしゃ》さんも手のほどこしようがありません。ひとりがああいえば、もうひとりはこういう。とうとうみな王さまの怒《いか》りにふれ、その生けにえとなり、つぎつぎにどうもうな魚《さかな》たちのえじきになっていきました。そうこうしているうち、とうとうこの王国《おうこく》じゅう、どこをどうさがしても、お医者《いしゃ》がひとりのこらずいなくなってしまいました。もしいたとしても、王さまの治療《ちりょう》をしなくてもいいように、きっとどこかに身《み》をかくしていたことでしょう。

王さまはもうなんの手もなくなると、こんどは外国《がいこく》のお医者《いしゃ》をさがしだし、苦《くる》しいやまいをなおしてくれるものには、ほうびをたっぷりつかわそう、と約束《やくそく》しました。

何日か航海《こうかい》をつづけたのち、とうとう王女ベシエ号《ごう》は、ウヤハル市《し》の港《みなと》に入港《にゅうこう》しました。エドダントと小学生たちは、シンデール・ビル船長《せんちょう》に心からお別《わか》れのあいさつをしました。

みんなは、この国の首都《しゅと》であり王宮所在地《おうきゅうしょざいち》のこの町が、今やふかいうれいにしずんでいて、どの家の窓《まど》からも黒旗《くろはた》がたれさがっていることに気づきました。エドダントとその仲《なか》間《ま》たちは、広場《ひろば》にほどちかい旅行者用《りょこうしゃよう》の安《やす》ホテルに宿《やど》をとりました。エドダントは、さっそく宿《やど》の主人《しゅじん》に、人びとの悲《かな》しみの原因《げんいん》をきき、黒旗《くろはた》の出ているわけをたずねました。

主人《しゅじん》は、王さまハラデルブムが、まだきいたこともないたちの悪《わる》いやまいにとりつかれ、だれひとりとして、そのやまいを追《お》いはらうことができないのだと話しました。

エドダントはその話をきくと、「うん、ぼくがためしてみよう。かならず王さまをなおしてみせますよ。」と申《もう》し出《で》ました。

店《みせ》の主人《しゅじん》は頭《あたま》を横《よこ》にふっていいました。

「おめずらしい外国《がいこく》の方《かた》、ご忠告申《ちゅうこくもう》しますが、……もうかぞえきれないほどの世《よ》にもまれなすぐれた医者《いしゃ》たちが、王さまの悪質《あくしつ》なやまいを追《お》いはらおうと、力をつくしました。ところがひとりのこらず失敗《しっぱい》におわり、その罰《ばつ》として、みんなまっ黒い湖《みずうみ》に投《な》げこまれてしまったんです。いのちが惜《お》しかったら、そういうお考えはおすてになるほうが身《み》のためですよ。」

しかしエドダントは、じぶんは何もおそれはしない。じぶんの考えをやりとおすのだ、とこたえたのでした。

店《みせ》の主人《しゅじん》は肩《かた》をすくめ、吐息《といき》をついていいました。

「まあしかたがない。おすきなようになさるんですな。馬の耳に念仏《ねんぶつ》ですからね。」

エドダントは、主人《しゅじん》にじぶんと小学生たちの支払《しはら》いをすませ、ていねいにあいさつして、黒い湖《みずうみ》へといそぎました。小学生たち一行《いっこう》を引《ひ》きつれて、王宮《おうきゅう》へわたろうというわけです。

みんなは、うすきみわるい船頭《せんどう》を見つけると、その今にもこわれそうな小舟《こぶね》にのりこみました。小舟《こぶね》は岸《きし》をはなれ、どうもうな魚《さかな》や危険《きけん》な海の怪物《かいぶつ》が、ところせましとうごめいている黒い湖《みずうみ》をすすんでいきます。魚《さかな》たちは、水から身《み》をのりだしては、するどい歯《は》でおおわれた口を、どん欲《よく》そうにパクパクさせます。また海の怪物《かいぶつ》たちは、スキさえあれば、だれかを湖《みずうみ》の底《そこ》ふかく引《ひ》きずりこんでやろうと、その長い触手《しょくしゅ》をふりまわしているのでした。

小学生たちは、この旅《たび》でさんざんおそろしい目にあいましたが、それでも全員何《ぜんいんなに》ごともなく、ぶじ岸辺《きしべ》に到着《とうちゃく》しました。うすきみわるい船頭《せんどう》に、渡《わた》し代《だい》を払《はら》うと、先へ先へとすすみ、とうとう王宮《おうきゅう》をささえている、クリスタル・ガラスの柱《はしら》のところにつきました。

エドダントは、ガラスをはめこんだらせん階段《かいだん》をのぼっている間《あいだ》は、けっして下を見てはいけない、と小学生たちにさとしました。子どもたちは手をつなぎあって、くさりをつくり、それから三千三百三十三段《だん》のらせん階段《かいだん》をのぼりはじめました。こうしてまる一日、上へ上へとのぼりつづけました。頭《あたま》にはもえる太陽《たいよう》が照《て》りつけ、みんなののどはカラカラ。太陽《たいよう》が西にしずんだころ、やっとその旅《たび》をおえることができました。

ひろびろとした宮殿《きゅうでん》に出たとたん、みんなは兵士《へいし》たちの手にとらえられてしまいました。兵士《へいし》たちは、さっそくこの外国人《がいこくじん》たちをじんもんしました。いったい何しにきたのか、もしや国王陛下《こくおうへいか》に陰謀《いんぼう》をたくらんではいますまいか、と心配《しんぱい》したからです。エドダントは、じぶんは国際的名医《こくさいてきめいい》で陛下《へいか》の悪《わる》いやまいをおなおししようと、こうしてやってきたのだと説明《せつめい》しました。兵士《へいし》たちはこれをきくと、さっそくこの外国人《がいこくじん》たちを、第《だい》二の中庭《なかにわ》にみちびきました。

この訪問者《ほうもんしゃ》たちは、馬ほどもあるとほうもなく大きなクマンバチが二ひき、宮殿《きゅうでん》の玄関《げんかん》で見張《みは》りにあたっているのに気がつきました。この二ひきのクマンバチは、おかまより大きな目をギョロギョロさせているのでした。

クマンバチは、外国人《がいこくじん》を見ると、たちまちさやから剣《けん》を抜《ぬ》き、あたりかまわずふりまわしました。しかしとびらに、金モールや宝石《ほうせき》をぬいこんだ、きらびやかな礼服《れいふく》の男があらわれ、クマンバチに、しずかに！と命令《めいれい》すると、もといた場所《ばしょ》にもどりました。このきらびやかな礼服《れいふく》の男――これは、宮殿《きゅうでん》の式部官《しきぶかん》ペーでしたね――は、外国人《がいこくじん》たちを中へ通《とお》すと、みんなを王さまのおへやへ案内《あんない》しました。

エドダントは、じぶんは遠《とお》い国からきた医者《いしゃ》だと名のりました。じぶんは遠《とお》い国の者《もの》だが、王さまのご病気《びょうき》のしらせをきき、王さまがまたもとの、たぐいまれなるご健康《けんこう》をとりもどされるよう、お役《やく》に立ちたい一念《いちねん》で、とるものもとりあえずやってきたのだ、とつたえました。

式部官《しきぶかん》ペーはそのことばをきくと、まがおになっていうのでした。「学問《がくもん》あるだんなさま、いったいあなたさまは、ごじぶんが何をなさろうとしているのか、じゅうぶんお考えになったのでございますか？　もうたくさんの有名《ゆうめい》な医者《いしゃ》たちが、王の怒《いか》りにふれてお亡《な》くなりになりました。国王陛下《こくおうへいか》のとうといおからだのやまいをなおせなかったという、ただそれだけの理由《りゆう》で。」

エドダントはその問《と》いにこたえて、「もちろん、よくよく考えた上でのことですし、王さまのおからだを治療《ちりょう》するかたい決意《けつい》は動《うご》かせません。こうとなってはもう全力《ぜんりょく》をつくすばかりです。」と、いいました。

「そういうことでしたら、王さまの寝室《しんしつ》へご案内《あんない》いたしましょう。陛下《へいか》はそこで今苦《くる》しんでおいでです。その任務《にんむ》をりっぱにおはたしになったあかつきには、たくさんのごほうびも出ることでしょう。が、まんいちだめとなると、ひどい目にあいますぞ！」

それから、式部官《しきぶかん》ペーは、「いっしょについてきた子どもたち、あれはいったい、だれですか？」と、たずねるのでした。

エドダントは、あれはみな、じぶんがめんどうをまかせられている同級生《どうきゅうせい》たちだ、と説明《せつめい》しました。

式部官《しきぶかん》ペー氏《し》は、召使《めしつか》いたちに、小学生たちを中へ通《とお》し、たっぷりごちそうして休ませるよう命《めい》じました。ことはすべて、式部官《しきぶかん》のことばどおりに運《はこ》ばれました。召使《めしつか》いたちは、小学生たちを大テーブルにつかせ、もてなしました。アイスクリーム、チョコレート、パイナップル、どれもたっぷりしていて、上等《じょうとう》なものばかりでした。子どもたちは、とびきり上等《じょうとう》なお菓子《かし》に舌《した》づつみを打《う》ちました。

エドダントはペー氏《し》につれられて、王さまの寝室《しんしつ》にやってきました。それは大きな寝室《しんしつ》でしたが、中はいかにも病人《びょうにん》のへやらしく、ちらかり放題《ほうだい》でした。枕《まくら》もとの小机《こづくえ》に、洋《よう》ダンスに、水薬《みずぐすり》のびん・粉薬《こなぐすり》の箱《はこ》がところかまわずおいてあります。

ベッドには、からだじゅう湿布《しっぷ》でぐるぐるまきにされた王さまハラデルブムが腰《こし》をかけ悲《かな》しげに大声でうなっているのでした。

「アーアーアー！　焼《や》けつくようだ、けずられるようだ、さしこまれるようだ……ああ、なんてわしは不幸《ふこう》な王なんじゃろ。いったいどこの王さまが、こんな苦《くる》しみを味《あじ》わっているというんじゃ。」

病人《びょうにん》のかたわらには、おきさきがすわって、しきりに王さまにいいきかせているのでした。

「これもあなたが、わたくしのいうことをおききにならなかったからでございます。どうして医者《いしゃ》のいうお薬《くすり》をおのみにならないのでございましょう？」

「アーいたっ、おーいたっ。あんなろくでもない薬《くすり》なんぞのめるか……。医者《いしゃ》なんぞに何ひとつわかりゃせん……。アーアーアー！　また何かがさしたぞ！　医者《いしゃ》をよべ！」

「医者《いしゃ》はもうひとりとておりませぬ。だれかれかまわず、あなたが殺《ころ》してしまわれました。どこをさがしたって、もう医者《いしゃ》は見つかりませぬ。」おきさきはこたえました。

この時ベッドに式部官《しきぶかん》ペーがあゆみより、ふかく頭《あたま》をさげて、エドダントを紹介《しょうかい》しました。

「わがうるわしくいつくしみふかきおきさきさま、ここに医学《いがく》のぞうけいふかく、東西《とうざい》古今《ここん》の書物《しょもつ》に精通《せいつう》した比類《ひるい》なき医師《いし》をおつれ申《もう》しました。こちらにおられますのが、著名《ちょめい》なる学者《がくしゃ》にして、かつ旅行家《りょこうか》のエドダント博士《はかせ》でございます。」

するとおきさきは、やさしい声でこういいました。

「学者《がくしゃ》さま、よくおいでくださいました。そなたの医術《いじゅつ》と名声《めいせい》が功《こう》を奏《そう》し、この王のからだから手に負《お》えぬやまいをなんとか追《お》いはらうよう、お願《ねが》いいたします。そうしたら、ほうびはたっぷり出してつかわしましょう。わたくしも、もうお話にならぬほど、あれこれつとめてみました。夜も一睡《いっすい》もせず、まばたき一つするひまさえありませぬ。わたくし自身《じしん》やまいにたおれはせぬかと、気が気ではありませぬ。わたくしの顔色《かおいろ》がすぐれぬと、だれもかれもいっております。」

エドダントは、頭《あたま》をさげていいました。「うるわしききさきさま、あなたのご期待《きたい》にそむかず、わたくしの科学《かがく》および医術《いじゅつ》の力で、きっと国王陛下《こくおうへいか》のおからだから、悪《わる》いやまいを追《お》いはらってさしあげたくぞんじます。」

「学者《がくしゃ》さま、よくいってくれました。それではどうぞ夫《おっと》の診察《しんさつ》を。」

エドダントは、病人《びょうにん》にあゆみよって、いいました。

「威厳《いげん》高き国王陛下《こくおうへいか》、どうぞわたしがのぞきこめますよう、お口をおあけください。」

王さまはそれをきくと、その巨大《きょだい》な口を大きくひらきました。エドダントは、懐中電《かいちゅうでん》灯《とう》をとりだし、王さまの口の中を照《て》らしました。

しばらくあれこれしらべていましたが、「患者《かんじゃ》さまは、内臓《ないぞう》をやられておられます。この内臓《ないぞう》のやまい、それは胃《い》に巣《す》くっております。威厳《いげん》高き国王陛下《こくおうへいか》、お口をひらいたままになさっていてください。治療《ちりょう》をつづけたくぞんじます。」

それから頭《あたま》を王さまの口につっこむと、はるか下をのぞきこみながら、きゅうにうたいだしました。

ながいみみが　あったなら
とおいおとでも　きこえるよ

このあいずに、もしや何かの返事《へんじ》がかえってこないものかと、エドダントは、一瞬待《いっしゅんま》ちました。と、どうでしょう！　たちまち、きこえてきたのです。

きこえるよ　きこえるよ
うさぎのみみなら　きこえるよ

これでエドダントは、王さまの胃《い》の中には、まぎれもなくあの行方不明《ゆくえふめい》だったフランチモルがいるのだ、ということがわかりました。エドダントがうたいはじめて、いまフランチモルがうたいおわったこの歌《うた》を、ふたりのきょうだいたちは、ほんの小さいときから知っていたのです。おかあさんのバーバラばあさんは、ふたりをねむらせる時、よくこの歌《うた》をうたってくれたものでした。

エドダントは王さまの食道《しょくどう》にむかってさけびました。

「フランチモル、おまえかい？」

「うん、ぼくだよ、エドダント。」王さまの胃《い》からこたえがありました。

「やっぱりそうだった。」エドダントは大よろこびでいいました。「さ、フランチモル、はいあがって外へ出るんだ！」

「今すぐはいあがる。でもここはよくすべるんだ。」

そしてフランチモルは、くらやみの中をさぐりさぐり、王さまの食道《しょくどう》へはいあがりました。フランチモルが食道《しょくどう》にはいったとたん、王さまはきゅうにはげしくせきをしましたから、フランチモルは大きな輪《わ》をえがいて、王さまの口から外へとびだしました。

でも、けがはぜんぜんしませんでした。ぴょんと高くはねあがると、大よろこびでエドダントの腕《うで》の中へとびこんだのですから。

ふたりのきょうだいは、長い別離《べつり》のあと、こうしてふたたびめぐり会えたことを、心からよろこんでだきあうのでした。

23

王女ビタミーンカと王女サイホーンカ

王さまのご健康回復《けんこうかいふく》のしらせに、王宮《おうきゅう》、首都《しゅと》ウヤハル市《し》はもちろん、王国《おうこく》のすみずみまで、よろこびでわきかえりました。エドダントはその医術《いじゅつ》ゆえに、たいへんな尊敬《そんけい》を受《う》けることになりました。王さまはことあるごとにエドダントのところにやってきて、「エドダント博士《はかせ》、そなたはたいした学者《がくしゃ》であるな。世界《せかい》じゅうで、そなたの上に立つものはだれもいまい。」と、いうのです。

エドダントは、このおほめのことばをいつもつつましくききながら、ただひとこと、王さまに忠告申《ちゅうこくもう》しあげるのでした。「王さま、もし健康《けんこう》であらせられたいのなら、これからは二どとふたたび人食《ひとく》いなど、なさいませんように。」と。王さまは「神《かみ》に誓《ちか》って、もうけっして人間《にんげん》の肉《にく》には手をつけない。」と、約束《やくそく》しました。

王さまは、エドダントに将軍《しょうぐん》の位《くらい》をさずけたい、という話を持《も》ちかけました。しかしエドダントは、「どんな名誉《めいよ》も地位《ちい》も、ご辞退《じたい》いたします。」と、ことわりました。「わたくしは今、家にいそがねばなりません。わたくしの母が、エドダントとフランチモルのことを、さぞ心配《しんぱい》していることでしょう。」と。

しかし王さまはいいはりました。

「わしを健康《けんこう》にしてくれたものに巨額《きょがく》のほうびを約束《やくそく》したはずじゃ。博士《はかせ》どの、どうかわしのかわいい娘《むすめ》の王女ビタミーンカを、よめにもらってもらいたい。よめの持参金《じさんきん》として王国《おうこく》の半分をわけあたえよう。高貴《こうき》なるフランチモルよ、そなたにはわしの二番目《ばんめ》の娘《むすめ》、王女サイホーンカをよめにやろう。そなたは、わしの全軍隊《ぜんぐんたい》の総司令官《そうしれいかん》に任命《にんめい》しよう。」

エドダントはひざまずいていいました。

「威厳《いげん》あらたかなる国王陛下《こくおうへいか》、崇高《すうこう》なる王さま！　われわれはその名誉《めいよ》に価《あたい》しないものでございます。あえて申《もう》しあげれば、わたくしも弟《おとうと》も、まだ学校にかよう身《み》、とうてい結《けっ》婚《こん》などできる身分《みぶん》ではありません。わが国の法《ほう》にしたがいますれば、まず義務教育《ぎむきょういく》をまっとうして、はじめて結婚《けっこん》についても考えることができるのでございます。」

ところが王さまは目をむいて、うなり声をあげました。

「わしは、そなたたちの幸福《こうふく》を思って、このとうとい約束《やくそく》をはたしたのじゃ。王のことばにさからうことは許《ゆる》されぬ。あえてわしの考えに反対《はんたい》しようものならするがいい！　まっくらな牢屋《ろうや》にほうりこんでやる。そこでそなたたちが心をあらため、幸福《こうふく》にしてください、というまで苦《くる》しむのだ。命令《めいれい》じゃ！」それからもうよろしいというふうに、手をふって、ふたりのきょうだいをさがらせました。

エドダントとフランチモルの王女ビタミーンカとサイホーンカとの婚約《こんやく》のしらせが発《はっ》表《ぴょう》されました。王国《おうこく》じゅういたるところ鐘《かね》が美《うつく》しく鳴《な》りわたり、音楽《おんがく》がかなでられ、人びとは、もうすぐ宮廷《きゅうてい》でおめでたい結婚式《けっこんしき》がおこなわれるのを、たいへんよろこびました。

ふたりの花むこは、ほとんどまいにち、いいなずけの王女たちやその母上《ははうえ》といっしょにすごさねばなりません。おきさきはじぶんの娘《むすめ》と、そのしつけのよさをじまんしました。

「ビタミーンカはフランス語《ご》がよくできますし、ピアノだってなかなかの腕《うで》で、いろいろな曲《きょく》をきかせてくれますのよ。サイホーンカのほうは、どちらかというと家庭《かてい》むきなた

ちで、なかなか家事《かじ》のきりもりが上手《じょうず》ですの。お裁縫《さいほう》とお料理《りょうり》の学校を優秀《ゆうしゅう》な成績《せいせき》で卒業《そつぎょう》しましてね。」
夕方《ゆうがた》になると、やっとふたりのきょうだいたちは、いいなずけの王女たちから自由《じゆう》になることができました。そんな時、いつもふたりは、じぶんたちの運命《うんめい》を悲《かな》しみました。ふたりとも、いいなずけが気に入ってはおりませんでした。ふたりの王女さまはおとうさん似《に》で、そろいもそろって大きな歯《は》が前にとびだしているのでした。
「わかりゃしないよ。あのふたりも、ある日ふと食欲《しょくよく》がわいてきて、ぼくらをたべてしまうぞ。ほかに何か王女さまたちにいいとこ

考えいいました。

ろがあったかな?」「考えだそうったって、そいつはむりだろうよ。」フランチモルは考えそうこうしているあいだにも、時は休みなくすぎていきました。国じゅうこぞって結婚《けっこん》式《しき》の準備《じゅんび》にいそしんでいます。宮殿《きゅうでん》にはミシンをふむ音が鳴《な》りひびいています。数人《すうにん》の仕《し》立屋《たてや》さんが、ふたりの花よめの嫁入《よめい》りじたくのためにやとわれました。

ふたりのきょうだいは、いいなずけの王女《おうじょ》たちと、まいにちまい晩《ばん》、この町の一流家庭《いちりゅうかてい》を訪問《ほうもん》し、あいさつしてまわりました。

だれよりも結婚式《けっこんしき》を楽《たの》しみにしていたのは、王さまごじしんでした。

「この機会《きかい》にまたひとつ、心ゆくまでたべるとするか。」と、上きげんなのでした。「ごちそうは、たっぷりなきゃいかん。あれだけ苦《くる》しんだのだから、そのぶんをとりかえさなきゃならん。そうでなくとも、もういく日も食事《しょくじ》ぬきだったんだ。」

そうして、まいにちコックさんに注文《ちゅうもん》をつけに、調理《ちょうり》べやまで足を運《はこ》ぶのでした。台所《だいどころ》をうろうろ、いったりきたり。おなべのふたをあけては中をのぞきこみ、中身《なかみ》をつまんでは味《あじ》をみるのでした。ある時たまたま、王さまは中庭《なかにわ》でボール遊《あそ》びをしていた小学生たちを見つけました。

「あの子どもたちは、いったい何者《なにもの》じゃ?」王さまは歩哨《ほしょう》にたずねました。

エドダントとフランチモルがつれてきた一行《いっこう》でございます、と歩哨《ほしょう》は説明《せつめい》しました。

王さまは子どもたちをよびよせると、ひとりずつさわって、においをかいでみました。

「フム……子どもの肉《にく》——これはいけるぞ。やわらかくて、味《あじ》もいい……ウム……それにからだにいい。これはどの医者《いしゃ》もいうことだ。これなら、胃《い》につかえたりすることもあるまい。ただ……ひどくやせとるな。肉《にく》なぞどこにもついとらん。むりもない、ああ、ひっきりなしにかけまわっているんじゃな。おりにでも閉《と》じこめて、すきなだけたべさせなきゃいかん。もう結婚式《けっこんしき》も二週間後《しゅうかんご》にせまっている。そのあいだにたっぷりくわせて、ふとらせよう。」

王さまの命令《めいれい》で、小学生たちはとらえられ、おりの中へ閉《と》じこめられてしまいました。

王さまはすっかりまんぞくして、じぶんのへやに引《ひ》きとりました。ひじかけいすにゆったりと腰《こし》をおろして、いろいろな食《た》べものや、その料理《りょうり》のしかたについて空想《くうそう》をめぐらせている時でした。

へやつき召使《めしつか》い、クレオソートロンがはいってきて、エドダントとフランチモルが話したいといっていることをつたえました。

「通《とお》すがよい。」王さまは、やさしい声でいいました。

エドダントとフランチモルは、へやにはいると、王さまにふかく頭《あたま》をさげました。

「用事《ようじ》はなんじゃな？」王さまは上きげんでたずねました。

「おそれおおき国王陛下《こくおうへいか》さま、」エドダントがはじめました。「ただ今知りましたところによりますと、わたくしどもの小学生一行《いっこう》が、あなたさまのご命令《めいれい》により、おりに閉《と》じこめられたとのことでございますが。」

「わたくしどもは、何ゆえこのような事態《じたい》がおこったのか、理解《りかい》に苦《くる》しむものでございます。」フランチモルがことばをつづけました。

「そこで、お願《ねが》いがございます。どうぞ子どもたちを、すみやかにご放免《ほうめん》くださいますよう……」

「そうはいかん。けっして放免《ほうめん》なんかしないぞ。そんなことにでもなってみろ、わしは気がへんになってしまう。あの子どもたちは、結婚式《けっこんしき》のごちそうちゅうの大ごちそうじや。」

エドダントはかっとして、「あの神《かみ》かけた約束《やくそく》はどうなったのです？　もう二どと人間《にんげん》の肉《にく》はたべないとおっしゃったはずではございませんか。」と、怒《いか》りをこめて詰問《きつもん》しました。しかし王さまはかんかんに腹《はら》を立てて、この大胆《だいたん》なことばゆえに、エドダントを絞首《こうしゅ》刑《けい》にするといいだしました。しかし、おきさきがけんめいに王さまをなだめました。おきさきはこんなことで結婚式《けっこんしき》が台なしとなり、むすめたちが花むこをうしなってはたいへん、と気をもんだのでした。

王さまは、やっとおさまりました。ただひとさし指《ゆび》をつき立て、エドダントをおどしていいました。

「もう二どとふたたび、このようないいぐさ、はきくまいぞ！　さもないと、ひどい目にあわせてやるぞ！」

24

悪魔《あくま》につぶされた結婚式《けっこんしき》

結婚式《けっこんしき》の日は、みるみるうちにちかづきました。世界《せかい》じゅういたるところから、王宮《おうきゅう》めざしてぞくぞく来賓《らいひん》たちがやってきました。四方八方《しほうはっぽう》からさまざまな珍客《ちんきゃく》たちが、きらびやかな贈《おく》り物《もの》をたずさえてつめかけてきます。全国《ぜんこく》すみずみまで、そのめでたい日にそなえて万端《ばんたん》の準備《じゅんび》をととのえていました。

結婚式《けっこんしき》の日の前夜《ぜんや》、ふたりのきょうだいは一睡《いっすい》もしませんでした。どうしたらおよめさんをもらわないですませられるか、どうしたら小学生たちを助《たす》けだせるか、頭《あたま》をつきあわせて相談《そうだん》していたのです。おかあさんのバーバラばあさんと大のなかよしで、いつもこころよく仕事《しごと》を引《ひ》き受《う》けてくれた地獄《じごく》のエンマさまたちの助《たす》けをもとめたら……、というのがフランチモルの意見《いけん》でした。

エドダントもその意見《いけん》に賛成《さんせい》し、さっそく白墨《はくぼく》を手にとると、魔術《まじゅつ》の本に書かれているとおり、地面《じめん》に魔法《まほう》の円と、ヒトデ形《がた》の魔《ま》よけのしるしをかきました。それがすむとふたりはその円の中にはいって、地《じ》ひびきのする声で悪魔《あくま》をおびきよせました。

「地獄《じごく》の怪物《かいぶつ》どの、魔術《まじゅつ》をかけますぞ。スクルゼ・シュトリクス・レーテ・アヘロン・ホム・イル・クハーラ・インフェルナービリス・エト・メフィスト、いちばん足の速《はや》いものをここへ送《おく》りたまーえ。」

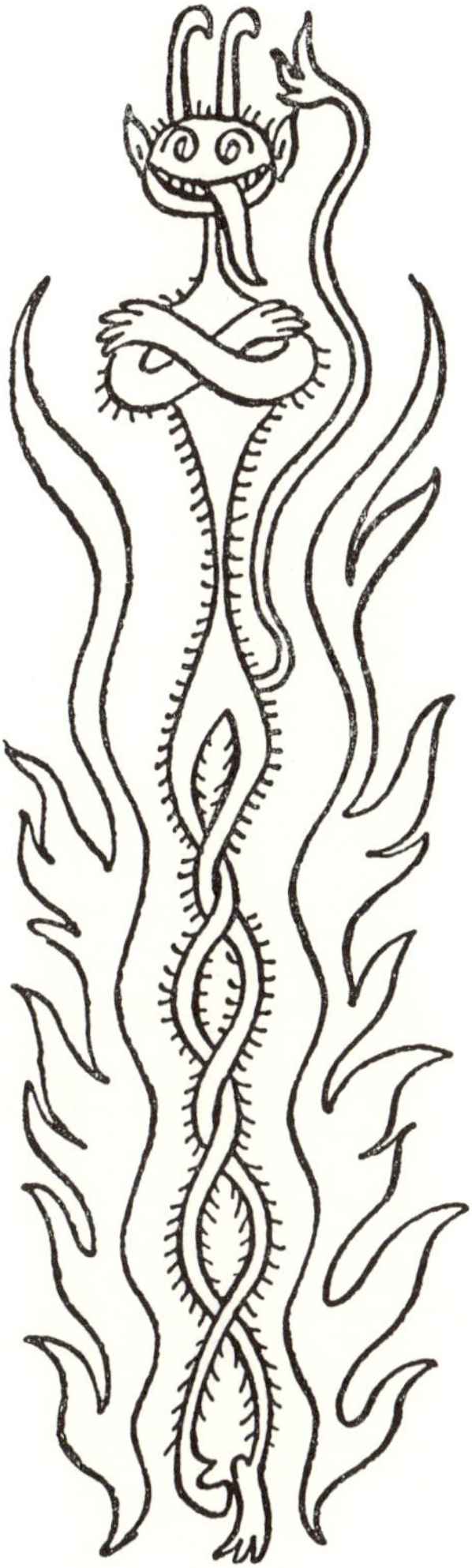

きゅうにあたりがくらくなったかと思うと、カミナリが鳴《な》りわたり、地面《じめん》に炎《ほのお》がぱっともえあがりました。

この炎《ほのお》の中から悪魔《あくま》があらわれて、いいました。

「おおせのとおり、やってまいった。何をおのぞみで？」

「地獄《じごく》の怪物《かいぶつ》どの、そなたの名は何と申《もう》す？」

悪魔《あくま》はこたえました。

「わがはい、クリウス・ブルドラマーンと申《もう》す。地獄《じごく》じゅう、いずこをさがせども、わがはいより足速《あしはや》き悪魔《あくま》は見あたりません。」

「悪魔《あくま》よ、気に入ったぞ！」エドダントは悪魔《あくま》をほめてやりました。「さて、なんじに命《めい》令《れい》する。えりぬきの強力《きょうりょく》なる悪魔《あくま》軍《ぐん》一個師団《こしだん》を引《ひ》きつれてきてくれ。悪魔《あくま》軍《ぐん》はわたしの命《めい》令《れい》を遂行《すいこう》するのだ。」すると悪魔《あくま》はたずねました。

「なにゆえに悪魔《あくま》軍《ぐん》を？」

「われわれは、なんじとそのきょうだいたちの援助《えんじょ》により、王宮《おうきゅう》をひとかけらの跡《あと》ものこらぬよう根《ね》こそぎ破壊《はかい》したいのだ。」

悪魔《あくま》は大よろこびで、窓《まど》ガラスがガタガタゆれるほどケラケラ、カラカラと笑《わら》いました。

「よろこんで命令《めいれい》にしたがいまする。そもそもあの王が、その悪事《あくじ》ゆえ、親族《しんぞく》、宮廷《きゅうてい》もろとも地獄《じごく》の帳簿《ちょうぼ》に書きこまれたのも今は昔《むかし》。こよい今夜《こんや》が、ハラデルブム王の最後《さいご》。今《こん》晩《ばん》じゅうには、宮廷《きゅうてい》もあのいやしき王の味方《みかた》をした者《もの》どもも、ことごとく吹《ふ》きとばしてみせまする。」

悪魔《あくま》はこういうと、姿《すがた》を消《け》してしまいました。

「さあ、こうとなったら、大いそぎだ。早いうちにここから抜《ぬ》けださないと、王宮《おうきゅう》もろとも吹《ふ》きとばされてしまうからね。」

エドダントも同感《どうかん》でした。ふたりは大あわてで荷物《にもつ》をつくり、あわただしい出発《しゅっぱつ》の準備《じゅんび》をととのえました。

それはまっくらな夜でしたし、運《うん》よく歩哨《ほしょう》たちは、王さまからあすにひかえた結婚式《けっこんしき》の前祝《まえいわ》いにわけてもらったぶどう酒《しゅ》によいしれて、ねむりこけていました。

きょうだいは、だれにも気づかれないまま、小学生が閉《と》じこめられている、おりにちかづくことができました。がんじょうなエドダントのことです。おりの鉄《てつ》ごうしをへしまげて、子どもたちを助《たす》けだすぐらい、なんでもありません。

「さあ、しずかに。ぼくについてくるんだ。」エドダントは子どもたちにいいました。子どもたちはみなじぶんの旅行《りょこう》かばんをまとめると、王宮《おうきゅう》のクリスタル・ガラスの柱《はしら》をまわりまわっている階段《かいだん》にむかって走りました。

一行《いっこう》はだれに気づかれることもなく、黒い湖《みずうみ》の岸辺《きしべ》にたどりつくことができました。見るもきみのわるい船頭《せんどう》さんの小舟《こぶね》が、みんなを待《ま》っていました。エドダントが渡《わた》し代《だい》を払《はら》うと、小舟《こぶね》は岸《きし》をはなれはじめました。

こうなると、もうみんなあの悪者《わるもの》、ハラデルブム王の手からのがれおおせたというので大よろこび。この時、お城《しろ》のほうからそうぞうしい物音《ものおと》がきこえてきました。全員《ぜんいん》音のするほうをふりかえると、どうでしょう。

お城《しろ》の城壁《じょうへき》のあたりを、兵士《へいし》たちがあかあかとしたたいまつをふりかざしながら、かけまわっているではありませんか。その上、きゅうを告《つ》げるラッパの音が鳴《な》りわたりました。このさわぎのようすからすると、一行《いっこう》がにげだしたことがわかって、追跡《ついせき》されはじめたもようです。

いいえ、ほんとうに軍隊《ぐんたい》が湖《みずうみ》の岸辺《きしべ》にかけつけて、逃亡者《とうぼうしゃ》をつかまえようと船《ふね》を出しにかかっているのが見えました。

もうだめだと、すんでのところであきらめるところでした。というのは、船頭《せんどう》さんのこの足ののろい小舟《こぶね》が王宮《おうきゅう》の大船《おおぶね》からのがれられるとは思えなかったからでした。

しかしこの時、耳をつんざく雷鳴《らいめい》がなりわたりました。見ると、いなずまの光の中に、五千びきほどのえりぬきの悪魔《あくま》たちが、王軍《おうぐん》に戦《たたか》いをいどんでいるさまが見わたせました。王軍《おうぐん》の兵士《へいし》たちは、たいした抵抗《ていこう》もしませんでしたが、悪霊《あくりょう》には歯《は》が立たないと見るや、どんどん武器《ぶき》を投《な》げすてて、にげだしました。

宮殿《きゅうでん》はひとすじの巨大《きょだい》な炎《ほのお》につつまれ、その炎《ほのお》は、あたりいちめん、見わたすかぎり照《て》らしだしているのでした。王宮《おうきゅう》をささえていたクリスタル・ガラスの柱《はしら》が、大音響《だいおんきょう》を立てて、まっ黒な湖《みずうみ》の中にくずれおちました。

そしてエドダントとフランチモル、さらに小学生たちが大空を見あげた時、そこに見たものは、空中《くうちゅう》高く悪魔《あくま》たちにつれ去《さ》られていくハラデルブム王、おきさきブルバンバ、そのむすめサイホーンカとビタミーンカ、そればかりでなく宮廷《きゅうてい》の側近《そっきん》たち、召使《めしつか》いたち、外国《がいこく》から結婚式《けっこんしき》にはせ参《さん》じたお客《きゃく》たちの姿《すがた》でした。

空いっぱいに長い長い結婚式《けっこんしき》の行列《ぎょうれつ》はすすんでいきます。それは、悪魔《あくま》たちのあざ笑《わら》いのほかは、音楽《おんがく》もなく、花むこの姿《すがた》もない、結婚式《けっこんしき》の行列《ぎょうれつ》でした。

ハラデルブム高潔王《こうけつおう》の王朝《おうちょう》は、王さま自身《じしん》の悪癖《あくへき》と数《かず》かぎりない悪事《あくじ》ゆえに、こうして滅《ほろ》び去《さ》ったのでした。そして、まばゆい宮殿《きゅうでん》の跡《あと》は、さびしい廃墟《はいきょ》となり、雑草《ざっそう》がしげるばかりでした。

25

冒険旅行《ぼうけんりょこう》めでたくおわる

　エドダントとフランチモルきょうだいは、小学生たちの一行《いっこう》といっしょに、ふるさとへむかって旅立《たびだ》ちました。もう冒険《ぼうけん》は心ゆくまで楽《たの》しみましたし、世界《せかい》の国々とそのようすもたくさん知りました。もうそろそろ家がなつかしくてたまらなかったとしても、ふしぎはありません。ことにエドダントとフランチモルの胸《むね》は痛《いた》みました。年老《としお》いたおかあさんを家にひとりぼっちにしてあるからでした。

　帰《かえ》りの旅《たび》のようすをながながと書くのは、やめにしましょう。わたしたちだって、早くうちに帰《かえ》りたくて、うずうずしていますからね。ただこれだけは忘《わす》れてはなりません。アチコチヒロビロ海《かい》の海岸《かいがん》の、とある港《みなと》に面《めん》した船員食堂《せんいんしょくどう》で、一行《いっこう》はシンデール・ビル船長《せんちょう》にばったり出会いました。カウンターにちかいテーブルに腰《こし》をおろし、船長《せんちょう》はさもまんぞくそうに、ちびりちびりとやっていました。その顔《かお》は、よろこびでかがやいていました。エドダントとフランチモルをだきかかえてあいさつしたあと話してくれたところによると、王女ベシエ号《ごう》は、たいへん有利《ゆうり》な条件《じょうけん》で売《う》りはらうことができたそうです。あの棺桶《かんおけ》も、カミナリさえ意《い》のままになる嵐《あらし》の女王ビューラランーが閉《と》じこめられているあの木箱《きばこ》もまるごと、メッザレムのある商人《しょうにん》が買《か》いとってくれたというのです。

「もう今じゃ、肩《かた》の重荷《おもに》もすっかりおりましたよ。」うれしそうにこういうと、ジン酒《しゅ》をもう一ぱい注文《ちゅうもん》しました。それからふたりのきょうだいと小学生たちに友情《ゆうじょう》のこもった別《わか》れのあいさつをして、「ぶじ家についたら絵《え》はがきを送《おく》ってくださいよ。」とたのむのでした。

帰《かえ》り道《みち》には、犬の町も通《とお》っていきました。犬たちは、みなこの旅人《たびびと》たちの顔《かお》を見おぼえていて、たいへんよろこんでくれました。どうしてももてなすのだといって、みんなをそのままはなしてはくれません。とびきり上等《じょうとう》な骨《ほね》をごちそうしてくれると、キャンキャン歓声《かんせい》をあげながら、遠《とお》くまで見送《みおく》ってくれました。

ちょうど二年と八十昼夜《ちゅうや》ぶりで、この小さな旅行者《りょこうしゃ》たちは、プラハの町のさまざまな塔《とう》や円屋根《まるやね》を、ふたたびその目でながめることができたのでした。駅《えき》につくと歓呼《かんこ》でむかえるいく重《え》もの人垣《ひとがき》にとりかこまれ、みんなはびっくりしてしまいました。というのも、彼《かれ》らのおどろくべき冒険旅行《ぼうけんりょこう》のことが、チェコだけでなく、外国《がいこく》の新聞《しんぶん》にも出ていたことなど、つゆ知らなかったからでした。

モルダウ川にかかったカレル橋《ばし》をすすんでいくと、だれかがよんでいるようです。みんなは立ちどまって、声のするほうをさがしてみました。フランチモルが手すりから身《み》をのりだしてみるとどうでしょう。水の中からにょっきり頭《あたま》がとびだして、大声でさけんでいるのです。

「やあ、こんにちは！　みんな元気かね？」

みんな、見おぼえのある顔《かお》だということはわかりましたが、どこで会ったものやらどうも思いだせません。しかしやがて水面《すいめん》からみどりのおじさんがぬーっと姿《すがた》をあらわし、橋《はし》げたのちかくに打《う》ちこんだ氷《こおり》よけの丸太《まるた》の上にすわりました。もうこうなれば、これがいつかみんなと知りあいになったカパスキー氏《し》であることは、すぐわかりました。

「よう、みなさん、元気ですかい！」おじいさんは大声でいいました。「また遊《あそ》びにきて、年《とし》よりカッパをよろこばせてくれませんかね？」

フランチモルが、「その後《ご》、いかがですか？」と、たずねると「犬のムクが死《し》にましてね。」おじいさんは悲《かな》しそうに話すのでした。「あのむくむくめ、もうかなりの年《とし》だったが、それでもまだ死《し》んでしまう年《とし》じゃなかった。わしが留守《るす》をした間《あいだ》に、庭《にわ》でコイをつかまえてたべたところが、その骨《ほね》がのどにつかえちまってね。息《いき》がつまっちゃったんですよ。」

「惜《お》しいことをしましたね。」フランチモルは、ほんとうに残念《ざんねん》がりました。「あれは、ほんとにいい犬だったのに。そう……気骨《きこつ》があってね。ムクの冥福《めいふく》を祈《いの》ってますよ。」

「ところでみなさん、うちにはもうスイレンカばあやはいませんよ！」

「おやおや！　追《お》いだしちゃったんですか？」ふたりは、けげんに思いました。

「あっというまにほっぽりだしてやったんですよ。あの口《くち》ぎたないガミガミばあさんをね。」カッパのおじいさんは、いばっていいました。

「じゃあ、おじいさんが、おばさんをくびにしたんですね？」ふたりのきょうだいは、いかにも信《しん》じられない、というようにたずねました。

「つまり……あれが……わしの家内《かない》がね、追《お》っぱらったんですよ……」

「家内《かない》ですって……？」

「失礼《しつれい》、わしがおよめさんをもらったのをごぞんじないんでしたなあ。そうなんですよ。そういうことになったんですよ。秋ごろ、きゅうにことがきまりましてね。それがうまくいきましてね。不平《ふへい》どころじゃないですよ。持参金《じさんきん》もかなりだったし、嫁入り道具《よめいりどうぐ》はひとそろい持《も》ってきたしで、わしはすっかりまんぞくしてます……。ちょうどいま、妻《つま》がうちをあけていて残念《ざんねん》ですな。親類《しんるい》をたずねていったんですがね。しょっちゅうどこかをとびまわっていて、ちっともうちにいつかないんですよ。ひとのいうことはきかないし、家事《かじ》は、いっさい、このわしがめんどうみてるってわけです。親類《しんるい》にはこまかい気づかいをするが、じぶんの夫《おっと》はほうりっぱなしですよ。どうしてまたわしばかり、こう不幸《ふこう》にならなきゃならんのか、さっぱりわかりませんや。どこを見たって、れっきとしたカッパのおくさんが、ふらふらと親類《しんるい》から親類《しんるい》をうろつき歩いてるなんてことは、ありませんからな……」

エドダントはおじいさんの泣《な》きごとをさえぎりました。

「それでスイレンカおばさんを追《お》いだしたのは、おくさんのほうなんですか？」

「そういうわけなんですよ。」カッパのおじいさんはよろこんでいうのでした。

「あのばあさん、どうかんちがいしたものか、わしにしてよいことを、家内《かない》にしてもいいと思ったんですな。わしの家内《かない》は気が早いのでね。ここにあんたの荷物《にもつ》があるわ、さ、出てってちょうだい、というわけですよ。うちの家内《かない》はどうして、話をつけるのがうまくってね。だれだってとっさには太刀打《たちう》ちできないんですよ。あれはそんじょそこらのカッパではないんでしてね。旧姓《きゅうせい》バッセルマン、つまりドイツ系《けい》カッパの血《ち》を引《ひ》いてるんですね。あれの父親《ちちおや》は、この国でいちばん手びろく水先案内《みずさきあんない》を手がけてる人なんですよ。」

「それはなかなか、けっこうじゃありませんか。」エドダントがいいました。

「あれの持参金《じさんきん》で、わしもモルダウ川で商売《しょうばい》をはじめることができました。ここは、おなじ水先案内《みずさきあんない》といったって、あの森の池のボロ会社《がいしゃ》とはわけがちがい、近代的経営方式《きんだいてきけいえいほうしき》でやってるんですよ。ここならボート、プール、水球《すいきゅう》、カヌー、それにまだまだいろんなスポーツをはやらせることができますんでね。そのうえ、一シーズンにいく人《にん》おぼれ死《じ》ぬか、ま、ちょっと見当《けんとう》もつきませんでしょう……。わしもよくがんばりましたよ。われながら、拍手《はくしゅ》を送《おく》りたいところですな。ただ、ねこの手も借《か》りたい忙《いそが》しさで、じぶんの頭《あたま》がどこにあるかさえわからないしまつですよ。家内《かない》はなんの足しにもなりゃしない。すこしでも商売《しょうばい》を助《たす》けようなど、考えたこともない！　そんなこと思いつきもしないんだ。ただ流行《りゅうこう》ばかり追《お》いまわして、喫茶店《きっさてん》にすわりっぱなし。あとは親せきまわりですよ。わしのいうことなんかきく気もないし……どうしてわしはまたよめさんなんかもらう気になったんだろう……？」

「それで、お子さんはどうなんですか、もういるんですか？」フランチモルがたずねました。

「そりゃいますとも、子どもたちがいるんだ！」みどりのおじいさんは大よろこびでさけびました。「男の子と女の子。そりゃ、世界《せかい》じゅうにまたとないほどかわいい子どもたちですよ。そのかしこいことといったら。ひとめ見てもらえたらな！　きっと……写真《しゃしん》はどこだったかな。ついこないだ、パチリとやってもらったんだが、どこへやったかな……そうだ、事務所《じむしょ》においてきちまった。残念《ざんねん》ですなあ。……そりゃきれいな子どもたちでしてね。まるで鏡《かがみ》に映《うつ》したように、何から何までわしにそっくりなんですよ。色といったらあわいみどり色で。ああ、わしのかわいいかわいい子どもたち……」

「ほら、うれしいこともあるじゃありませんか。」エドダントがいいました。

「うれしいとも、みなさん、わしはうれしいです。」カパスキー氏《し》はつよくうなずいていいました。「もちろん、心配《しんぱい》も多いがね。そうかといって、それなしにすむものではなし、元気なことが何よりですよ……」

みんな、プラハの町の数《かず》知れない歴史的《れきしてき》な遺跡《いせき》を見学《けんがく》したかったのですが、この町に長居《ながい》はしませんでした。心配《しんぱい》で老《ふ》けこんでしまった両親《りょうしん》たちの待《ま》つふるさとへと、先をいそいだからです。

ふるさとのうちの前で、エドダントとフランチモルは、まず最初《さいしょ》に、年老《としお》いた竜《りゅう》のベルパニデスに会いました。高徳《こうとく》のベルパニデス翁《おう》は、行方不明《ゆくえふめい》になっていた、女主人《おんなしゅじん》バーバラばあさんの、ふたりのむすこに気がつくと、うれし泣《な》きに泣《な》きながら、口からもうもうたる煙《けむり》をはきだすのでした。

「神《かみ》さまにほまれあれ！　わしのかわいいむすこたち、神《かみ》さまはまた、おまえたちに会わせてくださった。」すすり泣《な》きながら、ベルパニデスはいうのでした。

ネコのクイシンボークとヤギのルドルフも、外の物音《ものおと》をききつけて、うちの中からとびだしてきました。そのよろこんだこと、よろこんだこと！　さっそく質問《しつもん》の雨をふらせました。ルドルフとクイシンボークは、泣《な》いたかと思えば笑《わら》い、笑《わら》ったかと思えばまた涙《なみだ》にくれるしまつでした。まっ白なハンカチーフでその目をおさえながら……。

バーバラばあさんがどんなによろこんだかは、いうまでもありません。けれども、おばあさんは、この風来坊《ふうらいぼう》たちを何はともあれきびしくしかりつけるのが、母親《ははおや》としての義務《ぎむ》だと考えました。

「このいたずら小僧《こぞう》たちめ、よくもこないだはわたしの魔法《まほう》のほうきをこわしたね！　おかげで新《あたら》しいのをあつらえなきゃならなかったんだよ。おまえたちのおかげで、またまた大損《おおぞん》だ。それだけならまだしも、おまえたちときたら、わたしに大恥《おおはじ》をかかせたね。おまえたちは学校をやめさせられたんだよ。小学生たちをそそのかして、授業《じゅぎょう》をさぼらせ、悪《わる》さに夢中《むちゅう》にさせた、としてね。おまえたちのおかげで、わたしがどんなにつらい思いをしたか、このほうとうむすこたちめ、お話にもならないほどだよ。」

子どもたちは、もうきっとおとなしくしますから、と約束《やくそく》しました。それだけきくと、おかあさんは立ちあがってコーヒーをわかしにいきました。

バーバラばあさんは、テーブルに真新《まあたら》しいテーブルかけをかけ、長いこと行方不明《ゆくえふめい》だったむすこたち、そして今こうしてまた見つけだされたむすこたちを、テーブルにすわらせるのでした。そこには、ヤギのルドルフもネコのクイシンボークもくわわりました。竜《りゅう》のベルパニデスじいさんは、いっしょにテーブルにつくことができませんでした。あまり大きくて、とうてい、へやにははいりきれませんでしたから。バーバラばあさんは、コーヒーをいれたおなべを、うちの前へ持《も》っていってやりました。

みんななごやかにテーブルをかこんで、コーヒーを味《あじ》わい味《あじ》わいのみました。ケーキも切りました。クイシンボークは、合唱団《がっしょうだん》「リラ」の指揮者《しきしゃ》になったといって、しきりにじまん話《ばなし》をしました。おすネコとめすネコの混声合唱団《こんせいがっしょうだん》をひきいており、月夜の晩《ばん》ともなると、屋根《やね》の上で演奏会《えんそうかい》がひらかれ、大成功《だいせいこう》をおさめているのでした。そしてそれをきく人はだれも、その歌《うた》が気に入ってしまうのだそうです。

ちかくおよめさんをもらうことになったと、ヤギのルドルフがはずかしそうに話しました。およめさんは、水車小屋《すいしゃごや》のむすめヤギだということです。エドダントもフランチモル

もその写真《しゃしん》をながめて、なかなかいいおよめさんだとほめました。ルドルフのほうも、えらばれたおよめさんのじまんをしていうのでした。持参金《じさんきん》もかなりだし、きちんとしていてなかなか教養《きょうよう》のあるヤギなんですよ。ルドルフは面《おもて》を赤くして、ふたりのきょうだいたちから、婚約《こんやく》おめでとう、のことばを受《う》けました。

それからというもの、わたしたちの友だち、エドダントとフランチモルは何ひとつ不足《ふそく》なく、なごやかになかよくくらしました。きょうだいは、おかあさんの仕事《しごと》の手《て》助《だす》けもおこたりませんでした。だからみんな、いずれこのふたりが腕《うで》のよい、信頼《しんらい》できる魔《ま》法使《ほうつか》いになるだろうと、うわさしあっていました。

ただ一つだけ悲《かな》しいことがおこりました。この年《とし》の秋、エドダントとフランチモルが、竜《りゅう》のベルパニデスじいさんに凧《たこ》になってもらって、凧《たこ》あげをした時のことでした。空にのぼったベルパニデスじいさんは、運悪《うんわる》く、電線《でんせん》にからまってしまったのです。ふたりがすくいだすのも待《ま》たず、竜《りゅう》のベルパニデスじいさんの気高《けだか》いたましいは、そのまま天にのぼっていってしまったのでした。

みんなは、ベルパニデスじいさんをこんもりしげった菩《ぼ》提樹《だいじゅ》の根《ね》もとにほうむり、そこに大理《だいり》石《せき》の記《き》念碑《ねんひ》をたてました。それは、みんなの記《き》憶《おく》からけっして消《き》えることのないほまれ高い竜《りゅう》、ベルパニデスが、かつて生き、活躍《かつやく》したことをだれの目にもはっきりしめすためなのでした。

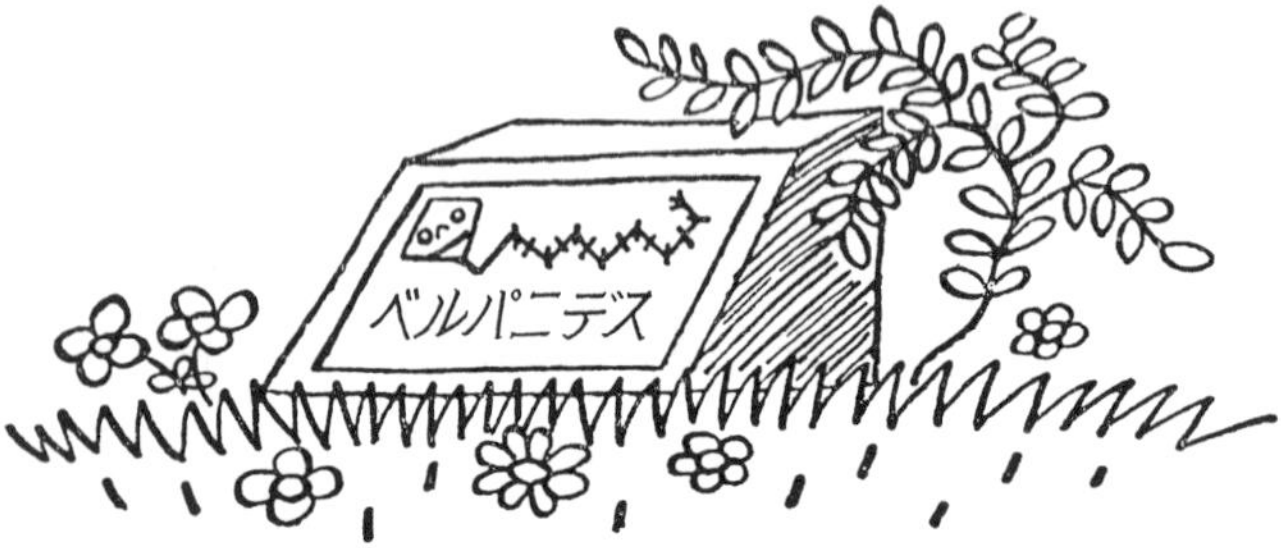
ベルパニデス

訳者《やくしゃ》あとがき

『魔女《まじょ》のむすこたち』は、チェコの作家《さっか》カレル・ポラーチェク(Karel Poláček)の『エドダントとフランチモル』(Edudant a Francimor, 1933)を、一九六六年のＳＮＤＫ版《ばん》から翻訳《ほんやく》したものです。

ポラーチェクは一八九二年、まだチェコがオーストリア・ハンガリー帝国《ていこく》の支配下《しはいか》にあったころ、リフノフ・ナト・クニェジノウという東ボヘミアの田舎町《いなかまち》に生《う》まれました。彼《かれ》の父母《ふぼ》はユダヤ人《じん》で、その町に《よろず屋《や》》をひらいていました。ポラーチェク自身《じしん》のことばによれば、「トランプ、アルコール燃料《ねんりょう》、台所用品《だいどころようひん》いっさい、香料《こうりょう》、小麦粉《こむぎこ》、砂糖《さとう》、コーヒー、国産《こくさん》・舶《はく》来《らい》のぶどう酒《しゅ》、さらに洗濯物《せんたくもの》のアイロンかけまで引《ひ》きうけていた。」ということです。この田舎町《いなかまち》のにぎやかな《よろず屋《や》》で、ユダヤ人《じん》の少年として育《そだ》ったということは、後《のち》のポラーチエクに大きな影響《えいきょう》を残《のこ》しているように思います。

こうして、わんぱく盛《ざか》りをすごした彼《かれ》は、故郷《こきょう》リフノフのギムナジウムに入学《にゅうがく》しましたが、成績不良《せいせきふりょう》のため、五年生の時ついに中途退学《ちゅうとたいがく》し、生《う》まれてはじめて汽車に乗《の》って、プラハのギムナジウムに転校《てんこう》しなければなりませんでした。彼《かれ》の文才《ぶんさい》が頭角《とうかく》をあらわしたのは、故郷《こきょう》のギムナジウム時代《じだい》だったといわれています。授業中《じゅぎょうちゅう》ひそかに机《つくえ》の下で——後年彼《こうねんかれ》の語《かた》るところによれば——「ひじょうにスリルあふれる小説《しょうせつ》、『オウルド・スリーミッシュ』」なるものを書きつづけ、休み時間に同級生《どうきゅうせい》たちに回覧《かいらん》して、購読料《こうどくりょう》を巻《ま》きあげていたということです。

プラハへ出てからも彼《かれ》の「文芸活動《ぶんげいかつどう》」はいっこうにおとろえず、「何度《なんど》も落第《らくだい》し」、一九一二年にようやく卒業《そつぎょう》することができました。しかし彼《かれ》のためにやや弁明《べんめい》すれば、不勉強《ふべんきょう》というより、彼《かれ》のいじわるいほどの皮肉屋《ひにくや》っぷりが、災難《さいなん》の種《たね》だったようです。八年生のとき再度落第《さいどらくだい》したのも、チェコ語《ご》の試験《しけん》のとき書いた作文《さくぶん》の内容《ないよう》が先生を激怒《げきど》させたからだとつたえられています。

こうして不運《ふうん》な学生生活《がくせいせいかつ》から解放《かいほう》されると、彼《かれ》は期待《きたい》に胸《むね》をふくらませて、ある弁護士《べんごし》つきの書記《しょき》になったものの、二か月もしないうちにうんざりしてやめてしまい、消防用具会社《しょうぼうようぐがいしゃ》に入りましたが、まもなく会社幹部《かいしゃかんぶ》が牢獄《ろうごく》に入ってしまったため、そこもやめなければなりませんでした。そして、大学の法学部《ほうがくぶ》に籍《せき》をおいたり、高等商業学校《こうとうしょうぎょうがっこう》の一年コースに通《かよ》ったりしているうちに、第《だい》一次世界大戦《じせかいたいせん》がはじまり、兵士《へいし》として「完全就職《かんぜんしゅうしょく》」をし、ロシアからセルビア方面《ほうめん》まで転戦《てんせん》することになりました。のちに戦争《せんそう》の体験《たいけん》をテーマにした大作を書いていますが、戦争《せんそう》の悲惨《ひさん》を目《ま》のあたりにしたことも、また戦争《せんそう》はツルゲーネフのいう「いただきの枝《えだ》と根本《ねもと》の枝《えだ》とをぶっつかりあわせる嵐《あらし》」のようなものだとのちに書いているように、戦線《せんせん》で得《え》た上下さまざまな階層《かいそう》の人びととの交流《こうりゅう》と体験《たいけん》も、ポラーチェクに大きな影響《えいきょう》を残《のこ》しました。

戦線《せんせん》から帰《かえ》った彼《かれ》は、貿易公団《ぼうえきこうだん》に入りますが、このお役所《やくしょ》づとめは、彼《かれ》にとって絶好《ぜっこう》の素材《そざい》となりました。その体験《たいけん》をもとに短篇《たんぺん》「メリーゴーランド」を書いて、ある雑誌《ざっし》に発表《はっぴょう》したところ、お役所《やくしょ》のがんこさ、ばかさかげんをあますところなく描《えが》きだしたこの処女作《しょじょさく》は、職場《しょくば》で非難《ひなん》のまととなり、たちまちくびになってしまいました。

幼少時代《ようしょうじだい》は、「宗教《しゅうきょう》(カトリック)の時間に出席《しゅっせき》しない」ユダヤ人《じん》の子であり、学生時代《がくせいじだい》は落第生《らくだいせい》で、仕事《しごと》につけばくびになるポラーチェクが、文筆《ぶんぴつ》で生活《せいかつ》を立てる以外《いがい》ないと本心からさとったのは、このときのようです。さいわい、当時《とうじ》『ネボイサ』という諷刺雑誌《ふうしざっし》をやっていたヨゼフ・チャペックが救《すく》いの手をのべ、編集部《へんしゅうぶ》に迎《むか》え入れてくれました。しばらくして同じく、ヨゼフ・チャペック、カレル・チャペック兄弟《きょうだい》の世話《せわ》で、『人民新聞《じんみんしんぶん》』という当時《とうじ》多くのすぐれた作家《さっか》たちがよりどころとしていた新聞《しんぶん》に入り、以後《いご》、不幸《ふこう》な死《し》をとげるすこし前まで、作家《さっか》として、裁判関係担当《さいばんかんけいたんとう》の記者《きしゃ》として、旺盛《おうせい》な活動《かつどう》をすることになります。

彼《かれ》の人生体験《じんせいたいけん》は、この記者生活《きしゃせいかつ》の中でますます幅《はば》とふかさをまし、たくみなユーモアと毒舌《どくぜつ》で知られるようになります。彼《かれ》が、かなりな人生通《じんせいつう》であったことは、未知《みち》の人の顔《かお》を見てその職業《しょくぎょう》をいいあてる特技《とくぎ》の持《も》ち主《ぬし》だったことでも知られています。記者生活《きしゃせいかつ》を通《とお》して、彼《かれ》はしだいに「社会批判的《しゃかいひはんてき》ユーモア小説《しょうせつ》」をじぶんの本領《ほんりょう》として自覚《じかく》するようになりますが、その方向《ほうこう》はすでに、一九二二年に出版《しゅっぱん》した最初《さいしょ》の短篇集《たんぺんしゅう》『コチコダン氏《し》の物語《ものがたり》』(この中に前記《ぜんき》「メリーゴウランド」も入っています)に、はっきりとうかがうことができます。人間《にんげん》の社会《しゃかい》のぎこちなさ、それをささえている人間《にんげん》のどうしようもない小ささ、その悲《かな》しさとおかしさ。それを故郷《こきょう》のリフノフの町の思い出と、さまざまな人びとの体験《たいけん》とをおりまぜながら描《えが》きだすという方向《ほうこう》は、最後《さいご》の作品《さくひん》にいたるまで共通《きょうつう》しています。

ユーモアとは現実《げんじつ》の暴露《ばくろ》であり、ユーモリストとは詩人《しじん》の別名《べつめい》だというのが彼《かれ》の信念《しんねん》でした。

一九二九年のある講演会《こうえんかい》で彼《かれ》は、ユーモアを生《う》む人びと、ユーモアを解《かい》する人びととは、貧《まず》しきプロレタリアートだ、と語《かた》っていますが、一九二九年という時流《じりゅう》にのった軽《かる》いことば、とだけ理解《りかい》するわけにはいかないものがあります。

彼《かれ》が愛《あい》したのは、幼少時代《ようしょうじだい》の思い出と、街《まち》の壁《かべ》や家々の入口に掲示《けいじ》された張《は》り紙《がみ》の文章《ぶんしょう》、看《かん》板《ばん》の文字《もじ》、それから小唄《こうた》、小話《こばなし》、とくにユダヤ小話《こばなし》でした。彼《かれ》は、ユダヤ小話《こばなし》はユダヤ民族《みんぞく》の詩的表現《してきひょうげん》だと語《かた》ったことがありましたが、一九三三年、『魔女《まじょ》のむすこたち』の出た年《とし》に、『ユダヤ小話集《こばなししゅう》』を出版《しゅっぱん》しています。

また一九二八年の小説《しょうせつ》『広場《ひろば》の家』は、家主《やぬし》とその間借《まが》り人《にん》たちの解決不能《かいけつふのう》ないざこざを書いて、家主《やぬし》のむごたらしい強欲《ごうよく》を描《えが》きだしています。作者《さくしゃ》としてはもっぱら「現実暴露《げんじつばくろ》」的《てき》であるはずのこの作品《さくひん》は、当時《とうじ》の批評家《ひひょうか》たちによって、非現実的《ひげんじつてき》な話にすぎるときめつけられましたが、いっぽうこれを読んだある家主《やぬし》が、この本の作者《さくしゃ》を告訴《こくそ》するのだといきまいて弁護士《べんごし》を訪《おとず》れ、弁護士《べんごし》と大げんかをしたという話がつたわっています。ポラーチェクはこうしたエピソードをたくさん残《のこ》した作家《さっか》でした。このエピソードにもうかがわれるように、彼《かれ》の作品《さくひん》にはいつも、現実的《げんじつてき》なものが非現実的《ひげんじつてき》で、またはその逆《ぎゃく》で、何小説《なにしょうせつ》と名づけてみても、はみだしてしまう何かがあります。
作品《さくひん》に使《つか》われるユーモアも、筋書《すじが》きも読者《どくしゃ》の予想《よそう》をたえず裏切《うらぎ》ります。それは、しばしばポラーチェク自身《じしん》をも裏切《うらぎ》るからです。ポラーチェクは、あらすじをつくり、登場人物《とうじょうじんぶつ》たちについてメモをとっておいてから、それにしたがって書くということがまったくできない作家《さっか》でした。できなかったし、同時《どうじ》にそういう書き方《かた》は「まちがいだ」とあるインタビューで語《かた》っています。当時《とうじ》のチェコの文学作品《ぶんがくさくひん》とくらべてみて、彼《かれ》の作品《さくひん》がどこか型《かた》やぶりな活気《かっき》にみちているのはそのせいかも知れません。

この『魔女《まじょ》のむすこたち』にもこうしたポラーチェクの特質《とくしつ》がよくうかがわれます。ここでは一九三〇年代《ねんだい》のチェコの子どもたちが思い描《えが》いていたいわゆる童話《どうわ》もおとぎの世界《せかい》も、みなひっくりかえってしまいます。魔女《まじょ》は、悪《わる》いものどころか、気のいいおばさんですし、魔法《まほう》も万能《ばんのう》ではないし、子どもたちを水にひきこんでしまう恐《おそ》ろしいカッパも、気のよわい愛《あい》すべきおじさんになってしまいます。かれんなはずの森の精《せい》は、気どったヒステリーぎみの女性《じょせい》ですし、おまけに王さまはみにくい人食《ひとく》いで、お姫《ひめ》さまは不美人《ふびじん》で、ハッピーエンドに終《お》わるはずの結婚式《けっこんしき》は、悪魔《あくま》たちの力ぞえで粉《こな》みじんとなってしまいます。陽気《ようき》でたのもしいふたりの兄《きょう》弟《だい》も、けっしてスーパーマンでも優等生《ゆうとうせい》でもありません。そして一見《いっけん》りっぱそうなものは、みな笑《わら》いとばされてしまいます。三〇年代の子どもたちのあこがれのまとであったオートバイなどを登場《とうじょう》させ、なかなか子どもたちへのサービスもゆきとどいていますが、それ以上《いじょう》にこの作《さく》品《ひん》をささえているのは、不完全《ふかんぜん》で小さな人びとの中に生活《せいかつ》の真実《しんじつ》をこまやかにさがしだすあたたかい作者《さくしゃ》の心であり、たとえば空高くヒラヒラと舞《ま》っていってしまう結婚式《けっこんしき》の行列《ぎょうれつ》といった胸《むね》のすくファンタジーであり、ひとひねりもふたひねりも加《くわ》えたユーモアだと思われます。それが、慣用句《かんようく》をちりばめ、ことわざをもじり、擬古文体《ぎこぶんたい》まで動員《どういん》した多彩《たさい》でいきいきしたことばで表現《ひょうげん》されるとき、構成上《こうせいじょう》の弱《よわ》さ――たとえば生徒《せいと》たち一行《いっこう》のあつかい方《かた》――もほとんど気にならないほど、力づよい作品《さくひん》となっています。

すでにこの作品《さくひん》が発表《はっぴょう》されてから三十六年になりますが、チェコの子どもたちの間《あいだ》での人気《にんき》はいっこうにおとろえるようすもありません。チェコ人《じん》は抜《ぬ》きんでたユーモアのセンスの持《も》ち主《ぬし》ですが、それは数世紀《すうせいき》にわたる長い苦《くる》しい圧迫《あっぱく》の歴史《れきし》の中ではぐくまれてきました。ナンセンスとグロテスクにみちたユーモアと諷刺《ふうし》は、この国の人びとにとって、けっして遊《あそ》びではなく、塩《しお》のように尊《とうと》くひつようなものなのです。カレル・チャペックの洗練《せんれん》されつくされた美《うつく》しいユーモアも、さまざまな人物群《じんぶつぐん》がつくりだすハシェックの『善良《ぜんりょう》なる兵士《へいし》シュヴェイクの日』のそらとぼけたユーモアも、状況《じょうきょう》の衝突《しょうとつ》からほとばしるポラーチェクのややそうぞうしいユーモアも、カフカの絶望《ぜつぼう》と背中《せなか》あわせになった底《そこ》ぶかいユーモアも、こうした風土《ふうど》の中でこそ生まれたものでした。

ナンセンスをナンセンスとして受《う》けいれ、笑《わら》いを笑《わら》いとしてわらい、「意味《いみ》」ばかりさぐろうとしない読み方《かた》をする間《あいだ》に、あんがい人間《にんげん》と歴史《れきし》に対《たい》する幅《はば》ひろい、きめこまかな理解《りかい》がつちかわれるものだと思います。

『魔女《まじょ》のむすこたち』が発表《はっぴょう》されたころから、中部《ちゅうぶ》ヨーロッパをめぐる政治情勢《せいじじょうせい》は急激《きゅうげき》に悪化《あっか》していきました。第二次大戦《だいじたいせん》の可能性《かのうせい》がうわさされ、ユダヤ人迫害《じんはくがい》のきざしが見えはじめるなかで、ポラーチェクは、第一次大戦《だいじたいせん》をあつかった五部作《ぶさく》という大作《たいさく》の完成《かんせい》をいそぎました。一九三九年までに第四部《だいぶ》まで出版《しゅっぱん》しましたが、第五部《だいぶ》はもはや出版《しゅっぱん》できず、原稿《げんこう》の部分的断片《ぶぶんてきだんぺん》が現在発見《げんざいはっけん》されているのみです。

やがて、ユダヤ人《じん》が、はっきりと区別《くべつ》され、差別《さべつ》される情勢《じょうせい》が明《あき》らかになってきました。多くのユダヤ系《けい》チェコ人《じん》が国境《こっきょう》を越《こ》え、再《ふたた》び流浪《るろう》の旅《たび》をはじめる中、ポラーチェクはさんざん迷《まよ》ったすえ、結局《けっきょく》どこへも逃亡《とうぼう》しない決意《けつい》をしました。彼《かれ》はそれほどチェコ人《じん》の社会《しゃかい》とチェコ語《ご》に愛着《あいちゃく》していたのです。やがて長年の活動舞台《かつどうぶたい》だった『人民新聞《じんみんしんぶん》』をも、「人種的理由《じんしゅてきりゆう》」で去《さ》らざるを得《え》なくなり、それから胸《むね》にユダヤ人《じん》であることを示《しめ》す黄色《きいろ》い星《ほし》のマークをつけられ、ユダヤ長老会《ちょうろうかい》の仕事《しごと》をするようになりました。

この時代《じだい》のポラーチェクについては、日記《にっき》が保存《ほぞん》されており、さらにこのころ書かれ、戦後《せんご》になってある出版社《しゅっぱんしゃ》の秘密《ひみつ》の引《ひ》きだしの中で発見《はっけん》された傑作《けっさく》『ぼくらはわんぱく五人組』（小野田澄子訳、岩波少年文庫、現在は品切れ）をわたしたちは現在《げんざい》読むことができます。この、いつ強《きょう》制収容所送《せいしゅうようじょおく》りにあうともわからない不安《ふあん》な日々の日記《にっき》は、ときにため息《いき》のようなものがただよい、とぎれがちとはいえ、彼《かれ》らしいするどい人間観察《にんげんかんさつ》と、笑《わら》いでみちています。『ぼくらはわんぱく五人組』は死《し》の予感《よかん》の中で、彼《かれ》がふたたび幼少時代《ようしょうじだい》と故郷《こきょう》のリフノフの町を思い出し、ひとりの少年の言葉《ことば》をとおして五人の仲間《なかま》の冒険《ぼうけん》と夢《ゆめ》をつづった小説《しょうせつ》ですが、その世界《せかい》の素朴《そぼく》な美《うつく》しさは、他《た》に類《るい》を見ないものです。最後《さいご》の、ほとんど最悪《さいあく》の条件下《じょうけんか》で書かれた作品《さくひん》が子どもの世界《せかい》を描《えが》き、子どもを対象《たいしょう》にしていたということのうちに、彼《かれ》における児童文学《じどうぶんがく》の位置《いち》が示《しめ》されていると思います。

一九六九年五月一日

春のおそい　プラハにて

小野田澄子《おのだすみこ》

「訳者あとがき」は、一九六九年刊行の『魔女のむすこたち』（上製本）のためにご執筆いただいたものを一部変更し、再録しました。

ポラーチェクは、一九四三年にテレジン強制収容所へ送られ、一九四四年にアウシュヴィッツ強制収容所で命を奪われたとされていましたが、その後同じ収容所にいた人びとの証言により、一九四五年一月に収容所からの移動中に亡くなったことがわかりました。（編集部）

この本を読みおえたみなさんへ

山田《やまだ》詩子《うたこ》
（紅茶店店主・絵本作家）

私《わたし》は紅茶屋《こうちゃや》の店主《てんしゅ》です。その名も《カレル・チャペック紅茶店《こうちゃてん》》。チェコでもっとも有名《ゆうめい》な作家のひとり、カレル・チャペックの名前を借《か》りています。

日本では、そのお国柄《くにがら》がそんなに知られていないチェコですが、子どものための本・映画《えいが》・人形劇《にんぎょうげき》にはそれぞれ熱心《ねっしん》なファンがいます。私《わたし》もそのひとりです。

チェコの物語《ものがたり》と出会ったきっかけは、小学四年の夏休みに入る日に、担任《たんにん》の先生からカレル・チャペックの『長い長いお医者さんの話』を贈《おく》られたことです。大学を卒業《そつぎょう》したての先生が、大事《だいじ》なお給料《きゅうりょう》で買ってくれた本。そこには、〈本の世界《せかい》に閉《と》じこもってしまわないで〉というメッセージが書かれていました。

当時の私《わたし》は賢《かしこ》くなりたくて、大人向《む》けの小説《しょうせつ》ばかり読んでいました。その時は、思いっきり無理《むり》してフランツ・カフカという作家の『変身《へんしん》』を読んでいる真《ま》っ最中《さいちゅう》だったんです。ですから、正直子どもの本には心ひかれませんでした。先生にはもちろんカフカを読んでいることを伝《つた》えました。ひょっとして先生が「これは失礼《しつれい》しました、もうカフカを読んでいるとは！」と本を引《ひ》っこめるかも、と期待《きたい》して。でも、先生は「カフカもチェコの作家さんだよ。偶然《ぐうぜん》だね」と笑《わら》っていました。私《わたし》は〈まぁ、読んでみるか〉と偉《えら》そうな気持《きも》ちでその本を受《う》け取《と》り、読みはじめました。

ところが、すっかり夢中《むちゅう》になってしまったのです！　魔法使《まほうつか》いや妖精《ようせい》など、おとぎ話の常連《じょうれん》たちだけでなく、郵便屋《ゆうびんや》さん、町医者、おまわりさんなどが主役《しゅやく》として登場《とうじょう》している。しかも甘《あま》ったるくないユーモアがいっぱいのおしゃれな話ばかりです。なかでも一番《いちばん》気に入ったのは、明るい雰囲気《ふんいき》に満《み》ちていることでした。さし絵もすてき。いいぞいいぞ。本来お調子者《ちょうしもの》で少し不真面目《ふまじめ》なものが好《す》きな私《わたし》が、カレル・チャペックと波長《はちょう》が合ったその瞬間《しゅんかん》は、今でもはっきり思い出せます。

この時から、私《わたし》は背伸《せの》びをしたり、斜《しゃ》に構《かま》えるのはやめて、ふたたび思う存分《ぞんぶん》子どもの本を読むようになりました。〈本は、楽しむために読んでもよい〉、そう自分に許《ゆる》したのです。

それから十二年後《ねんご》、大学を卒業《そつぎょう》してすぐ〈大好《だいす》きな紅茶《こうちゃ》を楽しく広めていこう〉と店をはじめた時に、作家の名前を店名に選《えら》んだのは、〈今の自分になったのは、カレル・チャペックに出会ったからだ〉という感謝《かんしゃ》の気持《きも》ちからでした。

さて、みなさんはポラーチェクの『魔女《まじょ》のむすこたち』を読んで、どんな感想《かんそう》を持《も》ちましたか。私《わたし》は、この物語《ものがたり》の明るいユーモアと軽妙《けいみょう》さに、かつてカレル・チャペックの物語《ものがたり》を読んだ時と同じような、チェコのお話の面白《おもしろ》さを感《かん》じました。

チェコのお話にもいろいろありますが、民話《みんわ》や勧善懲悪《かんぜんちょうあく》ものなどいくつかの型《かた》のなかで、ところどころ脱線《だっせん》しながらストーリーが展開《てんかい》していく作品や、さし絵がお話と調和《ちょうわ》して、物語《ものがたり》が生き生きと鮮《あざ》やかに感《かん》じられる作品が私《わたし》は好きです。たとえば、日本でも人気があるヨゼフ・ラダの物語《ものがたり》は、文と絵が一緒《いっしょ》に生まれてきたようにぴったりです。読むと自分が、まるでそのお話の中に入ったかのように、くつろいで楽しめます。

また、主人公《しゅじんこう》が偉大《いだい》なヒーローではなく、普通《ふつう》の大人や子ども、小動物や昆虫《こんちゅう》という身近《みぢか》な存在《そんざい》で、困難《こんなん》にぶつかった時、とりあえず今できることを試《ため》してみたり、みんなの知恵《ちえ》を集《あつ》めてどうにか切《き》り抜《ぬ》けるなどして、現実的《げんじつてき》に対処《たいしょ》するお話も好《す》きです。ズデネック・ミレルの描《えが》いた〈もぐらくんの絵本シリーズ〉や、オンドジェイ・セコラの『ありのフェルダ』なども、これにあたります。

カレル・チャペックの物語《ものがたり》にも、それからこの『魔女《まじょ》のむすこたち』にも、チェコのお話の要素《ようそ》がたっぷりです。けれども、私《わたし》はこの本を読みはじめた時、そうは思いませんでした。いくらなんでも〈魔女《まじょ》のむすこたち〉なのだから、何でも魔法《まほう》で華麗《かれい》に解決《かいけつ》していく冒険物語《ぼうけんものがたり》なのだろうと期待《きたい》していたからです。

でも、やはりポラーチェクはチェコの作家でした。相手《あいて》がカッパだろうが山賊《さんぞく》だろうが、そのつど話し合ったり、お願《ねが》いしたり。ものが壊《こわ》れれば修繕《しゅうぜん》に出す。これって、まるで私《わたし》たちと同じじゃないですか！

魔女《まじょ》だってそうです。お話の冒頭《ぼうとう》で、むすこたちが、お役所《やくしょ》から学校に通うように命《めい》じられた時も、魔女《まじょ》は、「わたしゃ、これでも、とてつもない税金《ぜいきん》だって払《はら》ってるんだ」とお役所《やくしょ》に抗議《こうぎ》しに行きます。私《わたし》は期待《きたい》して〈よし、魔女《まじょ》よ、すぐ魔法《まほう》を使《つか》おうよ、役人《やくにん》の記憶《きおく》を消《け》すとか、お役所《やくしょ》の書類《しょるい》を隠《かく》すとか！〉と思いました。でもなんと〈法律《ほうりつ》は法律《ほうりつ》です〉ということで、しぶしぶ従《したが》ってしまう。その結果《けっか》、六十八歳《さい》と六十六歳《さい》の小学生男子、エドダントとフランチモルが誕生《たんじょう》してしまうのです。ある意味《いみ》、魔法《まほう》よりも非現実的《ひげんじつてき》な、こんな年齢《ねんれい》の小学生が。なぜエドダントとフランチモルはあまり魔法《まほう》を使《つか》わないのか。よく読むと、ふたりは学んだ魔法《まほう》しか使《つか》えないらしい、しかも〈手錠《てじょう》をはずす〉〈牢屋《ろうや》のとびらをあける〉など、目的《もくてき》によって別《べつ》の呪文《じゅもん》が必要《ひつよう》らしいのです。

だから、妖精《ようせい》の女王の機嫌《きげん》を損《そこ》ねても、カッパにたましいをねだられても、山賊《さんぞく》に地下牢《ちかろう》に閉《と》じこめられても、人食《ひとく》い王《おう》に食べられた弟を助《たす》けるときでさえも、魔法《まほう》にたよらずに、まずはていねいに対話《たいわ》を重《かさ》ねて交渉《こうしょう》するか、地道《じみち》な行動《こうどう》で解決《かいけつ》していったというわけです。

ところが、です。冒険《ぼうけん》の最後《さいご》、人食《ひとく》い王《おう》のむすめたちとの結婚《けっこん》がどうしても中止できないとなると、いきなり最大級《さいだいきゅう》の魔法《まほう》を使《つか》い、地獄《じごく》から悪魔《あくま》の大群《たいぐん》を呼《よ》び出《だ》す兄弟《きょうだい》！ 殺《ころ》されそうな時よりも〈どうしたらおよめさんをもらわないですませられるか〉で、おしりに火がついたこのふたりのむすこたちは、五千びきもの悪魔《あくま》を総動員《そうどういん》して、宮殿《きゅうでん》もろとも滅《ほろ》ぼしてしまいます。怒《おこ》らせるとこわいタイプだったんですね。今までの紳士的《しんしてき》な態度《たいど》から、この変《か》わりよう。さすがは魔女《まじょ》のむすこたちです。

こんなに愉快《ゆかい》でひねりのきいたお話を書いた作家ポラーチェクは、とても面白《おもしろ》い人物《じんぶつ》だったに違《ちが》いない！　と思います。この物語《ものがたり》は、ポラーチェクの言いたいことや、大小さまざまなアイディアであふれかえっています。また一度《いちど》きりしか出てこない数多《かずおお》くの登場人物《とうじょうじんぶつ》にも、彼《かれ》はそれぞれ名前をちゃんとつけていますが、それはポラーチェクが、また別《べつ》の物語《ものがたり》で活躍《かつやく》させたい、まだまだ書きたりない、と考えていたからなのかもしれません。

さて、物語《ものがたり》をさらに面白《おもしろ》くしているのは、カレル・チャペックのお兄さんであるヨゼフ・チャペックのユーモラスなさし絵です。私《わたし》は登場人物《とうじょうじんぶつ》の中でも、とくにカパスキー氏《し》や山賊《さんぞく》、小人《こびと》の王など、〈おじさん〉の描写《びょうしゃ》がたまらなく好《す》きです。ちょっと気の抜《ぬ》けた姿《すがた》が、ポラーチェクの書《か》いたとぼけたお話に合っていますよね。背景《はいけい》や物《もの》も、シンプルな形と線でリズミカルに描《えが》かれています。同じように主人公《しゅじんこう》のふたりのむすこたちの表情《ひょうじょう》もあまり大げさではないので、お話に集中《しゅうちゅう》できます。ヨゼフ自身《じしん》が楽しんで描《えが》いたようなひょうきんな絵は、現代《げんだい》の私《わたし》たちが見ても本当に洒落《しゃれ》ていて、物語《ものがたり》のうしろで流《なが》れる軽《かる》くて楽しげな音楽のようでもあります。

『魔《ま》女《じょ》のむすこたち』を読みおえたみなさん、ぜひほかのチェコの児童文学作品《じどうぶんがくさくひん》も手にとってみてください。『長い長いお医者さんの話』や、ヨゼフ・チャペックがお話も絵もかいた『こいぬとこねこのおかしな話』など、そこにはたくさんの笑《わら》いと魅力《みりょく》がつまっています。本との出会いをぜひ楽しんでください！

二〇一八年八月

付記

・本書は一九六九年に上製本として刊行されました。少年文庫化にあたり、訳文を若干変更しました。

・本書に登場する「カッパ」は、チェコに伝わる水に棲む妖精ヴォドニークのことです。日本の読者がわかりやすいように、日本の妖怪の「カッパ」と訳出されています。（編集部）

訳者　小野田澄子（1938-2013）
静岡県生まれ。翻訳家。静岡大学英文科卒。中学校教諭を経て，プラハへ渡り19年間を過ごす。カレル大学文学部チェコ文学科に在籍。ヨゼフ・ラダ『黒ねこミケシュのぼうけん』，ポラーチェク『ぼくらはわんぱく5人組』（以上，岩波書店）など，チェコの児童文学の翻訳を手がけた。

魔女のむすこたち　　岩波少年文庫 246

2018年9月14日　第1刷発行

訳　者　小野田澄子《おのだすみこ》

発行者　岡本　厚

発行所　株式会社 岩波書店
〒101-8002 東京都千代田区一ツ橋 2-5-5
電話案内 03-5210-4000
http://www.iwanami.co.jp/

印刷製本・法令印刷　カバー・半七印刷

ISBN 978-4-00-114246-4　Printed in Japan
NDC 989　294 p.　18 cm

岩波少年文庫創刊五十年――新版の発足に際して

心躍る辺境の冒険、海賊たちの不気味な唄、垣間みる大人の世界への不安、魔法使いの老婆が棲む深い森、無垢の少年たちの友情と別離……幼少期の読書の記憶の断片は、個個人のその後の人生のさまざまな局面で、あるときは勇気と励ましを与え、またあるときは孤独への慰めともなり、意識の深層に蔵され、原風景として消えることがない。

岩波少年文庫は、今を去る五十年前、敗戦の廃墟からたちあがろうとする子どもたちに海外の児童文学の名作を原作の香り豊かな平明正確な翻訳として提供する目的で創刊された。幸いにして、新しい文化を渇望する若い人びとをはじめ両親や教育者たちの広範な支持を得ることができ、三代にわたって読み継がれ、刊行点数も三百点を超えた。

時は移り、日本の子どもたちをとりまく環境は激変した。自然は荒廃し、物質的な豊かさを追い求めた経済の成長は子どもの精神世界を分断し、学校も家庭も変貌を余儀なくされた。いまや教育の無力さえ声高に叫ばれる風潮であり、多様な新しいメディアの出現も、かえって子どもたちを読書の楽しみから遠ざける要素となっている。

しかし、そのような時代であるからこそ、歳月を経てなおその価値を減ぜず、国境を越えて人びとの生きる糧となってきた書物に若い世代がふれることは、彼らが広い視野を獲得し、新しい時代を拓いてゆくために必須の条件であろう。ここに装いを新たに発足する岩波少年文庫は、創刊以来の方針を堅持しつつ、新しい海外の作品にも目を配るとともに、既存の翻訳を見直し、さらに、美しい現代の日本語で書かれた文学作品や科学物語、ヒューマン・ドキュメントにいたる、読みやすいすぐれた著作も幅広く収録してゆきたいと考えている。

幼いころからの読書体験の蓄積が長じて豊かな精神世界の形成をうながすとはいえ、読書は意識して習得すべき生活技術の一つでもある。岩波少年文庫は、その第一歩を発見するために、子どもとかつて子どもだったすべての人びとにひらかれた書物の宝庫となることをめざしている。

（二〇〇〇年六月）

岩波少年文庫

001 星の王子さま
サン＝テグジュペリ作／内藤 濯訳

002 長い長いお医者さんの話
チャペック作／中野好夫訳

003 ながいながいペンギンの話
いぬい とみこ作

004 グレイ・ラビットのおはなし
079 西風のくれた鍵
119 氷の花たば
アトリー作／石井桃子、中川李枝子訳

005~7 アンデルセン童話集 1~3
大畑末吉訳

008 クマのプーさん
009 プー横丁にたった家
A・A・ミルン作／石井桃子訳

010 注文の多い料理店
—イーハトーヴ童話集
011 風の又三郎
012 銀河鉄道の夜
宮沢賢治作

013 かもとりごんべえ
—ゆかいな昔話50選
稲田和子編

014 長くつ下のピッピ
015 ピッピ船にのる
016 ピッピ 南の島へ
080 ミオよ わたしのミオ
085 はるかな国の兄弟
092 山賊のむすめローニャ
128 やかまし村の子どもたち
129 やかまし村の春・夏・秋・冬
130 やかまし村はいつもにぎやか
リンドグレーン作／大塚勇三訳

105 さすらいの孤児ラスムス
121 名探偵カッレくん
122 カッレくんの冒険
123 名探偵カッレとスパイ団
222 わたしたちの島で
リンドグレーン作／尾崎 義訳

194 おもしろ荘の子どもたち
195 川のほとりのおもしろ荘
210 エーミルはいたずらっ子
211 エーミルとクリスマスのごちそう
212 エーミルの大すきな友だち
リンドグレーン作／石井登志子訳

▷書名の上の番号：001～ 小学生から，501～ 中学生から

岩波少年文庫

017 ゆかいなホーマーくん
マックロスキー作／石井桃子訳
018 エーミールと探偵たち
019 エーミールと三人のふたご
060 点子ちゃんとアントン
138 ふたりのロッテ
141 飛ぶ教室
ケストナー作／池田香代子訳
020 イソップのお話
河野与一編訳

〈ドリトル先生物語・全13冊〉
021 ドリトル先生アフリカゆき
022 ドリトル先生航海記
023 ドリトル先生の郵便局
024 ドリトル先生のサーカス
025 ドリトル先生の動物園
026 ドリトル先生のキャラバン
027 ドリトル先生と月からの使い
028 ドリトル先生月へゆく
029 ドリトル先生月から帰る
030・1 ドリトル先生と秘密の湖 上下
032 ドリトル先生と緑のカナリア
033 ドリトル先生の楽しい家
ロフティング作／井伏鱒二訳

〈ナルニア国ものがたり・全7冊〉
034 ライオンと魔女
035 カスピアン王子のつのぶえ
036 朝びらき丸 東の海へ
037 銀のいす
038 馬と少年
039 魔術師のおい
040 さいごの戦い
C・S・ルイス作／瀬田貞二訳
041 トムは真夜中の庭で
フィリパ・ピアス作／高杉一郎訳
042 真夜中のパーティー
フィリパ・ピアス作／猪熊葉子訳
043 お話を運んだ馬
074 まぬけなワルシャワ旅行
シンガー作／工藤幸雄訳
044 冒険者たち—ガンバと15ひきの仲間
045 グリックの冒険
046 ガンバとカワウソの冒険
斎藤惇夫作／薮内正幸画
231・2 哲夫の春休み 上下
斎藤惇夫作／金井田英津子画
047 不思議の国のアリス
048 鏡の国のアリス
ルイス・キャロル作／脇 明子訳

▷書名の上の番号：001〜 小学生から，501〜 中学生から

岩波少年文庫

049 少年の魔法のつのぶえ
—ドイツのわらべうた
ブレンターノ、アルニム編
矢川澄子、池田香代子訳

050 クローディアの秘密
084 魔女ジェニファとわたし
140 ベーグル・チームの作戦
149 ぼくと〈ジョージ〉
カニグズバーグ作／松永ふみ子訳

051 ティーパーティーの謎
056 エリコの丘から
061 800番への旅
カニグズバーグ作
金原瑞人、小島希里訳

052 風にのってきたメアリー・ポピンズ
053 帰ってきたメアリー・ポピンズ

054 とびらをあけるメアリー・ポピンズ
055 公園のメアリー・ポピンズ
トラヴァース作／林 容吉訳

057 わらしべ長者—日本民話選
木下順二作／赤羽末吉画

058・9 ホビットの冒険 上下
トールキン作／瀬田貞二訳

062 床下の小人たち
063 野に出た小人たち
064 川をくだる小人たち
065 空をとぶ小人たち
ノートン作／林 容吉訳

066 小人たちの新しい家
076 空とぶベッドと魔法のほうき
ノートン作／猪熊葉子訳

067 人形の家
ゴッデン作／瀬田貞二訳

068 よりぬきマザーグース
谷川俊太郎訳／鷲津名都江編

069 木はえらい
—イギリス子ども詩集
谷川俊太郎、川崎 洋編訳

070 ぽっぺん先生の日曜日
071 ぽっぺん先生と帰らずの沼
100 ぽっぺん先生と笑うカモメ号
146 雨の動物園—私の博物誌
舟崎克彦作

072 森は生きている
マルシャーク作／湯浅芳子訳

073 ピーター・パン
J・M・バリ作／厨川圭子訳

▷書名の上の番号：001〜 小学生から，501〜 中学生から

岩波少年文庫

075 クルミわりとネズミの王さま
ホフマン作／上田真而子訳

077 ピノッキオの冒険
コッローディ作／杉浦明平訳

078 肥後の石工
132 浦上の旅人たち
今西祐行作

081 クジラがクジラになったわけ
テッド・ヒューズ作／河野一郎訳

082 ムギと王さま―本の小べや1
083 天国を出ていく―本の小べや2
ファージョン作／石井桃子訳

086 ぼくがぼくであること
山中 恒作

088 ほんとうの空色
バラージュ作／徳永康元訳

089 ネギをうえた人―朝鮮民話選
金素雲編

090・1 アラビアン・ナイト 上下
ディクソン編／中野好夫訳

093・4 トム・ソーヤーの冒険 上下
マーク・トウェイン作／石井桃子訳

095 マリアンヌの夢
キャサリン・ストー作／猪熊葉子訳

096 けものたちのないしょ話
―中国民話選
君島久子編訳

097 あしながおじさん
ウェブスター作／谷口由美子訳

098 ごんぎつね
新美南吉作

099 たのしい川べ
ケネス・グレーアム作／石井桃子訳

101 みどりのゆび
ドリュオン作／安東次男訳

102 少女ポリアンナ

103 ポリアンナの青春
エリナー・ポーター作／谷口由美子訳

143 ぼく、デイヴィッド
エリナー・ポーター作／中村妙子訳

104 月曜日に来たふしぎな子
ジェイムズ・リーブズ作／神宮輝夫訳

106・7 ハイジ 上下
シュピリ作／上田真而子訳

108 お姫さまとゴブリンの物語
109 カーディとお姫さまの物語
133 かるいお姫さま
227・8 北風のうしろの国 上下
マクドナルド作／脇 明子訳

110・1 思い出のマーニー 上下
ロビンソン作／松野正子訳

▷書名の上の番号：001〜 小学生から，501〜 中学生から

岩波少年文庫

112 オズの魔法使い　フランク・ボーム作／幾島幸子訳
113 ペロー童話集　天沢退二郎訳
114 フランダースの犬　ウィーダ作／野坂悦子訳
115 元気なモファットきょうだい
116 ジェーンはまんなかさん
117 すえっ子のルーファス　エスティス作／渡辺茂男訳
118 モファット博物館　エスティス作／松野正子訳
120 青い鳥　メーテルリンク作／末松氷海子訳
124·5 秘密の花園 上下　バーネット作／山内玲子訳
162·3 消えた王子 上下　バーネット作／中村妙子訳
209 小公子
216 小公女　バーネット作／脇　明子訳

126 太陽の東 月の西　アスビョルンセン編／佐藤俊彦訳
127 モモ　ミヒャエル・エンデ作／大島かおり訳
207 ジム・ボタンの機関車大旅行
208 ジム・ボタンと13人の海賊　エンデ作／上田真而子訳
131 星の林に月の船 ―声で楽しむ和歌・俳句　大岡　信編
134 小さい牛追い
135 牛追いの冬　ハムズン作／石井桃子訳
136·7 とぶ船 上下　ヒルダ・ルイス作／石井桃子訳

139 ジャータカ物語 ―インドの古いおはなし　辻　直四郎、渡辺照宏訳
142 まぼろしの白馬　エリザベス・グージ作／石井桃子訳
144 きつねのライネケ　ゲーテ作／上田真而子編訳　小野かおる画
145 風の妖精たち　ド・モーガン作／矢川澄子訳
147·8 グリム童話集 上下　佐々木田鶴子訳／出久根育絵
150 あらしの前
151 あらしのあと　ドラ・ド・ヨング作／吉野源三郎訳
152 北のはてのイービク　フロイゲン作／野村　泫訳
153 美しいハンナ姫　ケンジョジーナ作／マルコーラ絵／足達和子訳

▷書名の上の番号：001～ 小学生から，501～ 中学生から

岩波少年文庫

154 シュトッフェルの飛行船
エーリカ・マン作／若松宣子訳

155 オタバリの少年探偵たち
セシル・デイ＝ルイス作／脇 明子訳

156·7 ふたごの兄弟の物語 上下

214·5 七つのわかれ道の秘密 上下
トンケ・ドラフト作／西村由美訳

158 マルコヴァルドさんの四季
カルヴィーノ作／関口英子訳

159 ふくろ小路一番地
ガーネット作／石井桃子訳

160 指ぬきの夏

201 土曜日はお楽しみ
エンライト作／谷口由美子訳

161 黒ねこの王子カーボネル
バーバラ・スレイ作／山本まつよ訳

164 ふしぎなオルガン
レアンダー作／国松孝二訳

165 りこうすぎた王子
ラング作／福本友美子訳

166 青矢号 おもちゃの夜行列車

200 チポリーノの冒険

213 兵士のハーモニカ
―ロダーリ童話集
ロダーリ作／関口英子訳

〈アーミテージ一家のお話1〜3〉

167 おとなりさんは魔女

168 ねむれなければ木にのぼれ

169 ゾウになった赤ちゃん
エイキン作／猪熊葉子訳

〈ランサム・サーガ〉

170·1 ツバメ号とアマゾン号 上下

172·3 ツバメの谷 上下

174·5 ヤマネコ号の冒険 上下

176·7 長い冬休み 上下

178·9 オオバンクラブ物語 上下

180·1 ツバメ号の伝書バト 上下

182·3 海へ出るつもりじゃなかった 上下

184·5 ひみつの海 上下

186·7 六人の探偵たち 上下

188·9 女海賊の島 上下

190·1 スカラブ号の夏休み 上下

192·3 シロクマ号となぞの島 上下
ランサム作／神宮輝夫訳

▷書名の上の番号：001〜 小学生から，501〜 中学生から

岩波少年文庫

196 ガラガラヘビの味 —アメリカ子ども詩集
アーサー・ビナード、木坂 涼編訳

197 ぼんぼん
今江祥智作

198 くろて団は名探偵
ハンス・ユルゲン・プレス作／大社玲子訳

199 バンビ —森の、ある一生の物語
ザルテン作／上田真而子訳

202 アーベルチェの冒険

203 アーベルチェとふたりのラウラ
シュミット作／西村由美訳

204 バレエものがたり
ジェラス作／神戸万知訳

205 ピッグル・ウィッグルおばさんの農場
ベティ・マクドナルド作／小宮 由訳

206 カイウスはばかだ
ウィンターフェルト作／関 楠生訳

217 リンゴの木の上のおばあさん
ローベ作／塩谷太郎訳

218・9 若草物語 上下
オルコット作／海都洋子訳

220 みどりの小鳥 —イタリア民話選
カルヴィーノ作／河島英昭訳

221 ゾウの鼻が長いわけ —キプリングのなぜなぜ話
キプリング作／藤松玲子訳

225 ジャングル・ブック
キプリング作／三辺律子訳

223 大力のワーニャ
プロイスラー作／大塚勇三訳

224 からたちの花がさいたよ —北原白秋童謡選
与田凖一編

226 大きなたまご
バターワース作／松岡享子訳

229 お静かに、父が昼寝しております —ユダヤの民話
母袋夏生編訳

230 イワンとふしぎなこうま
エルショーフ作／浦 雅春訳

233 ミス・ビアンカ くらやみ城の冒険

234 ミス・ビアンカ ダイヤの館の冒険

235 ミス・ビアンカ ひみつの塔の冒険
シャープ作／渡辺茂男訳

▷書名の上の番号：001～ 小学生から，501～ 中学生から

岩波少年文庫

501·2 はてしない物語 上下
エンデ作／上田真而子、佐藤真理子訳

503~5 モンテ・クリスト伯 上中下
デュマ作／竹村 猛編訳

561·2 三 銃 士 上下
デュマ作／生島遼一訳

506 ドン・キホーテ
セルバンテス作／牛島信明編訳

507 聊斎志異《りょうさいしい》
蒲松齢作／立間祥介編訳

508 古事記物語
福永武彦作

509 羅生門《らしょうもん》 杜《と》子春《ししゅん》
芥川龍之介作

510 科学と科学者のはなし
—寺田寅彦エッセイ集

555 雪は天からの手紙
—中谷宇吉郎エッセイ集
池内 了編

511 農場にくらして
アトリー作／上條由美子、松野正子訳

512 波 紋
リンザー作／上田真而子訳

513·4 ファーブルの昆虫記 上下
大岡 信編訳

〈ローラ物語・全5冊〉

515 長 い 冬

516 大草原の小さな町

517 この楽しき日々

518 はじめの四年間

519 わが家への道—ローラの旅日記

ワイルダー作／谷口由美子訳

520 あのころはフリードリヒがいた

567 ぼくたちもそこにいた

571 若い兵士のとき
リヒター作／上田真而子訳

521 まだらのひも
シャーロック・ホウムズ

522 最後の事件
シャーロック・ホウムズ

523 空き家の冒険
シャーロック・ホウムズ

524 バスカーヴィル家の犬
シャーロック・ホウムズ

ドイル作／林 克己訳

525 怪盗ルパン

526 ルパン対ホームズ

527 奇 岩 城

モーリス・ルブラン作／榊原晃三訳

528 宝 島

552 ジーキル博士とハイド氏

スティーヴンソン作／海保眞夫訳

529 イワンのばか
トルストイ作／金子幸彦訳

530 タイムマシン
H・G・ウェルズ作／金原瑞人訳

▷書名の上の番号：001～ 小学生から，501～ 中学生から